铁扬文集

艺术散文与随笔　大暑记事

铁扬　著

3

作家出版社

图书在版编目（CIP）数据

大暑记事 / 铁扬著. -- 北京：作家出版社，2025. 6. --
（铁扬文集）. -- ISBN 978-7-5212-3314-8

Ⅰ. Ⅰ267

中国国家版本馆CIP数据核字第2025L15Z96号

大暑记事

作　　　者：铁　扬
装帧设计、插图附图：铁　扬
策　　　划：颜　慧
责任编辑：陈亚利
美术编辑：李　星　丁奔亮
出版发行：作家出版社有限公司
社　　　址：北京农展馆南里10号　　邮　　编：100125
电话传真：86-10-65067186（发行中心）
　　　　　　86-10-65004079（总编室）
E-mail:zuojia@zuojia.net.cn
http://www.zuojiachubanshe.com
印　　　刷：北京博海升彩色印刷有限公司
成品尺寸：140×203
字　　　数：158千
印　　　张：9
版　　　次：2025年6月第1版
印　　　次：2025年6月第1次印刷
ISBN　978-7-5212-3314-8
定　　　价：500.00元（全五册）

铁扬自画像 2024 年作

画家画具

1958年中戏的同学送铁扬去唱歌（右三为铁扬）

1958年于母校画室（右一为铁扬）

寻找画家海默修依

铁匠山（三丫头）

那年零度，大雪已过，我来一个叫东北的村子里写生，这是一个挨着铁匠山下的小村子。山集的也还有个叫西北山村子叫西北。我住在一个叫三丫头的家中，三丫头的父亲放羊，轻轻就回家是一件轻松的事，三丫头是他们的独生女。

我走在村委会（当时叫大队部）遇到三丫头的。大队长对我说，我找三丫头玩吧，就冲着大队长问好说："三丫头，走过一趟。"一经说过，围手了向我娘笑着进来，看着我，问队长："有么啊。"队长说："没看见来人了，画画，就找她玩吧。"三丫头不假思索的说："好。"

本地人轻轻简陋，有的单字就代替好多意思。"行"就是可以，就是没问题，就是好吧。队长又对三丫头说："好好的，这是客，她帮你画像吧。"

我跟三丫头走进三丫头家，这是一个典型

自 序

一

其实我不姓铁，我姓屈，小时候父亲为我取名铁羊 —— 屈铁羊，改为"铁扬"是一个年轻人的"年轻举动"。那时我觉得"屈"不易读，铁羊又显"村气"，少"气质"。一次考试填表时，就在姓名栏内偶然写了个铁扬。自己很得意：觉得铁姓坚定，扬又飘逸 —— 发扬、飞扬……过了些年，我才觉得父亲为我取名铁羊实在可爱，但又难以再启用。

屈姓在我的故乡是一个极少见的姓氏，据传这是楚国人屈原后代的一支移民，但我们又拿不出证据，不便攀此"高枝"。只有一个现实可做联系，就是我们在村子里所处的小街，不叫街，叫"巷"——屈家巷。巷这个称谓在我们那一带是不存在的，巷字显然来自南方，也许楚国？

我出生的村子叫停住头，一个奇特的村名。停住头倒是一个古村落，据说它与西汉时王莽和刘秀之战有关：王莽将刘秀追到这村，刘秀在此"停驻"多时，故得名。

据考，王莽和刘秀并没有在此争战。追赶刘秀的是当地一个叫王郎的人，刘秀当时受命平定叛乱于此地，而后，刘秀灭王郎在此登基为东汉。

从童年到少年，我和我那些亲人、乡亲相处，觉得那时的生存状态尽是自然而然。天黑时，你眼前才是一盏棉籽油灯，掀开锅是一锅小米夹杂薯类的稀饭。而有的乡亲他们眼前连棉籽油灯和小米稀饭也不存在，但从这里诞生出来的故事让我终生难忘。

许多朋友都说我画画写文章和我的父辈有关，反正我身上流淌着的是他们的血液。他们的性情附在我身上。

祖父是位旧军人，他早年入北洋新军，属直系，历经军中各阶级，还乡为民时，他是孙传芳麾下的一名将军。他曾和孙结拜兄弟，1924年和孙进入杭州那天，目睹了雷峰塔的倒塌，他常觉得这给直系带来了晦气。

祖父对雷峰塔倒塌的目睹，也激起我奶奶对《白蛇传》里白素贞命运的关心。白蛇素贞的故事就是奶奶所讲故事中的一则"重头戏"。

奶奶是位普通乡下人，但她心中自有一个"外部世界"，童年的我和奶奶同睡一个炕，便常随着她在她的外部世界里"漫游"。她从白素贞的故事里忽而又转向了汉口，她说："紧走慢走，一天走不出汉口。"说的是汉口地域之大。她说城陵矶人卖鱼把鱼头和鱼身分开卖；在保定居住时，她爱看学生演的文明戏，她会唱《复活》里的一首洋歌："啊，我的喀秋莎，你还记着那往事吗？捉迷藏在丁香花下，我跌倒泥坑你把我拉……"后来我得知，这是夏衍根据托尔斯泰小说《复活》所作话剧里的插曲。

父亲跟祖父走过南北，他受过良好的私塾教育，是位中西合璧的医生，是当地国共两党的创始人之一，且是一位"杂家"。他在当地推行新文化运动，创办新式学校，和一位在当地传教的瑞典牧师交朋友。他自己作诗、谱曲、写剧本，连戏曲舞台上的锣鼓经都有了解，这使得童年的我就知道锣鼓经里有"四击头""水底鱼""败锣"一类。

当然父亲对我的教育不只锣鼓经这类，抗战初期在无学可上时，他督我读了大量的带启蒙性的汉语读物，如《三字经》《弟子规》《千字文》。还有更"深沉"的文字，如："曾子之妻之市，其子随之而泣。其母曰：'女还，顾反为女杀彘。'妻适市来，曾子欲捕彘杀之……"

在我的少年时代，作为父亲子女的我们只有一条路可走，那就是出家门参加"革命"，在我们那里叫"脱产"。我脱产了，先在革命队伍的后方医院当"医助"，学习配置软膏、打针，钳出战士身上陷着的子弹，参与截肢手术，还做过助产士的助手，看婴儿和母体的分离过程。在以后的日子里我进过被称作革命摇篮的"华大"（华北大学）。考入"中戏"（中央戏剧学院），才是我进入艺术领域的正式开端。在选择文艺院校时，我选择了它。我欣赏它教学内容的"杂"。除了有名画家教你严格的油画技法外，还有戏剧大家教你去了解戏剧的方方面面：从欧里庇得斯到汤显祖，从布莱希特到欧阳予倩的"春柳社"，而讲名著选读的教授要你一口气读完莎士比亚、托尔斯泰、契诃夫……

中戏陶冶了我，至今我常常记起在那里每个宝贵的这样那样的瞬间。

要说我应该成为一位舞台美术家的，但阴差阳错我却成了一位专职画家。

二

我所以喜欢弄点文字是因了我心里的故事太多，而这故事大多源于我的童年，童年的记忆是顽固的，它明晰可鉴。虽然零星琐碎，琐碎到你家鸡的颜色、狗的叫声、土墙和柴草的气味……春天枣树开花了，燕子回归了，它们整日衔新泥，修补自己的住所，那时连窝上增添了多少新泥我都心中有数。

当然，身边的故事不仅是枣树开花、燕子衔泥，我身边还有与我日夜相处的亲人和近邻，他们给予我的温暖和爱以及许多美好瞬间伴我终生，就像我永在童年。《美的故事》那么美，在村中她是美的化身，她的美感染着全村，她的消失使一个村子变得寂寥。写这些故事不用任何虚构，一只大碗内涵着人类的最高尚的道德标准。丑婶子、团子姐，在我的思维中永远不会泯灭，这些老的村事好像又联系着后来我在太行山中认识的二丫头、菊菊和"小格拉西莫夫"们。和他们相距甚远又像离得那么近，一块写出来就成了一种自然。

当然，往事也不尽是美好，也有难以想象的惨烈，如同我在《生命诚可贵》中写到的那三位烈士，几小时前我们的军分区司令员还站在我家院中同我父亲天南海北谈着话（那时我注意到他的裤腿上还沾着赵州特有的黄土），几小时后因一场对日军驻地的攻坚战，司令员便成了一名烈士，烈士的鲜血洒在赵州这块土地上。

我的故乡在冀中赵州。

记得李贺有这样的诗句：买丝绣作平原君，有酒唯浇赵州土。我没有研究过其具体情境，他为什么有意把美酒洒在赵州。而抗日烈士洒在赵州的不是美酒而是鲜血。美酒和鲜血联系的都是赵州的黄土。

那场惨烈的战斗结束了，几天后我又有了新发现，我家的一棵绒花树上入住了一只布谷鸟，布谷鸟的入住牵动着我的心绪，它使我兴奋好奇。不久它失踪了，扔下两只刚出生几天的幼鸟。于是我的兴奋和好奇又转成止不住的心痛和悲伤。它使一个少年的情绪变得那么低迷，那么孤单无助。但这少年自此开始成长了，他懂得了"研究"这个词。后来他对这只布谷鸟失踪事件的研究持续了几十年。

虽然并无结果，但他还是在等待，等待再有一只布谷鸟入住在他的眼前，好了却他的一件心事。

或许这种等待是无结果的等待，在人生有限的旅途中其等待或许大都无结果吧。

三

现在我是一位艺术家，在本文集中也有一些关于艺术的叙述，要叙述就会带有自己的局限性，文集中有篇散文《大暑记事》，说的是儿时在家乡看演出《六月雪》时的感受，它道出了感觉对艺术、对艺术家的重要。

之后我有幸进入艺术行，听专家们讲感觉造就出意境，意境在演剧学里是独立成章的。其实感觉难道只存在于演剧学中吗？原来画家、诗人经营自己的事业都是感觉在先的。如今我每次在为年轻学子讲课时，为阐明感觉之重要都举例说明："黄河之水天上来"（李白），"黑云压城城欲摧"（李贺），"霜叶红于二月花"（杜牧），以及毛泽东的"苍山如海，残阳如血"一些名句，诗人都是靠了超人的感觉才萌生出如此出人意料的诗句。

后来我学习绘画，再次体会到面对描写的对象，面对面前的画布或纸，也都是感觉在先的。于是绘画语言、形式感比自然形象更真实的形象都是靠了画家敏锐的感觉。我们没有能力画够一棵树的所有树叶，再写实的画家也不可能画够一个人的头发数量，但却能画出比那棵树、那个人更真实、更传神的形象。于是艺术才诞生了。

书中还涉及艺术的其他方方面面，比如演剧学到底是一种怎样的学问。有几次我有幸参与过表演行当，并为表演者做指导。对斯氏体验派和布莱希特的表现派到底哪一种更接近表演艺术提出疑问，后来一个乡村女孩为拍一部电视短片（我们邀请的剧中人）回答了我的问题，原来没有表演的表演才更接近于艺术的真实，这真实本来自生活，是生活的再次复活，使你相信了他的"表演"。

我读契诃夫，发现他有同样的论述，他说："文学所以叫作艺术，就是因为它按生活的本来面目描写生活，它的任务是无条件的直率的真实。"

没有表演的表演是作家艺术家早有的论断。但我又不怀疑布莱希特的论点，他主张戏剧艺术的间离效果。间离效果，顾名思义是不需要生活的真实的，一切表现派艺术（戏剧、绘画、雕塑）都是靠了间离效果。如中国戏曲的

"切末"演出形式：马鞭一举就上了马，人走在画着车轮的旗子中就是坐车。间离效果拉开了与任何自然的距离，却增加了艺术的欣赏价值。

文集中有关艺术的论述只记述了我在从艺过程中的一些琐碎。这些琐碎有些看似平淡，但它们顽固地留在了我的记忆中，有些还在记忆中酝酿发酵，竟然形成了我的重要绘画题材。比如那个"河里没规矩"的故事，是我终生难以画够的题材之一。"炕头"在我脑子里占有的地位远远超过了那些我在异国他乡见过的新鲜。那些健康明丽的女孩，有了炕头的存在，她们才回归了自然。反之，炕头上有了那些健康明丽的女孩，也才温暖了。还有大暑天为我做裸体模特儿的那些女孩，被我支使来支使去，最后成为我作品中的人物。她们成全着我，成全着艺术中那些诸多因素。

当然我没有放弃对心目中那些艺术大师的尊重，有些虽称不上大师，但我欣赏他们，如丹麦的海默修依、德国的诺尔德，还有忽上忽下的俄国画家费逊。我追寻他们的足迹，是因为他们对艺术的天真和执着。从艺是需要几分天真和执着的，执着地不为任何潮流所撼动，也无心指望形成什么大热闹，只希望留给艺术界，留给人间几分纯净，抛弃的是所谓的轰动效应。

四

关于散文和小说之间的区别，在大学读书时就听老师讲过，但我主张对它们的概念还是模糊一点好；就像作为画家的我，同行们也难以把我归类，我也不主张把画家的行当划分得那么细致入微，这就又联系到我的兴趣和性格。"杂"一点好，这也是童年时我从父亲身上学到的。他的本行是医生，又是位社会活动家，他告诉过我，"立陶宛"不是一只碗，钱塘江的入海口比黄河、长江都宽，纽约有条橡皮街；他读着五线谱教我们唱歌，也会用工尺谱谱曲。每当我的思绪回到童年时，父亲便出现在眼前，他的出现使我做事坚定了许多，不再左顾右盼。

在读许多大师对于文学的论述时，他们从来不计较一篇文章的文体，他们注重的是文学与人类社会的关系，他们要描写的是人类的生存状态。

就像他们也告诉你"立陶宛"不是一只碗一样简洁明了。我发现越是大部头的作品其容量越有限，就像越是艺术文学大家越不喜欢炫耀和"飞毛参翅"的虚假描写。我读契诃夫，他写道："作家使用平凡的生活题材描写要朴实，不要用效果取胜。"他又写道："海笑了，怎么回事。海不笑，不哭，它哗哗地响，浪花四溅，闪闪发光。"就像托尔斯泰的写法："太阳升上来，太阳落下去……鸟儿叫……谁也没笑，谁也没哭，这才是顶重要的朴素。"

五

但我是一位画家，我还有自己一座具专业规模的美术馆，那里陈列着我作为画家的劳动轨迹。画家、艺术家本身应是一位劳动者，常有友人或记者问到我劳动者的特征，我说劳动者起码要有三个特征：第一，他的劳动是要讲效率的，效率就是劳动量，比如摆摊修鞋、修车的，劳动没有量，他的生活就没有保证；第二，他必得有清贫意识，但不是穷人，也绝不是富翁；第三，应该有自己的作坊，叫画室也好，叫书房也好，是一个得心应手的劳作场所。

我还说过，年轻时，总觉得画家之所以为画家，是靠了他们超常的智慧。待到画得有把年纪时才发现画家那劳动者的本质。艺术史上记录的首先是他们劳动的轨迹。劳动也再次开发着他们的智慧。

劳动轨迹证实着我没有徒有虚名。也就是在自己的美术馆开馆的研讨会上，与会朋友自然说了不少好话，说这馆之美，说馆中作品之美，当然所陈作品是我从上千件作品中选出的少数。转眼我从艺已七十余年，那么我是艺术家，有馆中的劳动轨迹做证明。

也就是在这次研讨会上，不少朋友还提到我的文学活动。甚至有人说，我的文学作品优于绘画作品。我不愿意把我的绘画作品和文学作品做比较，因为其中有我最真实的感情投入，我是遵循有感而发的，有时我放下画笔拿起文学书写之笔，那都是我欲望的驱使，也是我心中故事的驱使。故事有的变成了散文和随笔，有的变成了小说。我所希望的是，文章中的那些人物能给读者留下印象，他们给人留下的印象不仅属于一个人，也属于那段历史和一个民族在那段历史中的生存状态。

铁扬

2025 年早春于铁扬美术馆工作室

目 录

水彩之路宽又广

维格兰的生命奇观

我的人生与艺术

大暑记事

大暑记事

一

那年大暑，我八岁，上小学，村里在唱戏。有人拿来粉连纸，请我老师写戏报。老师用染布的颜料 —— 大红、二红、鬼子绿，泡好水写起来。那字该大的大该小的小，该横的横该竖的竖。戏报顶端横写着"今日准演"。

我们帮老师把戏报贴在茂盛店的墙上、大门上。糨糊洇湿了纸，字也被洇得模糊不清。戏台就搭在茂盛店的大院子里，几块门板做台面，几领苇席做棚顶。

今日准演的是《六月雪》，我挤不到台前，在远处登上

六月雪

一块石头看，只见台上穿戏装的人，跑来跑去，唱声也被
台下的人声和浮土覆盖。有一个人光着膀子站在台上敲梆
子，梆子敲得很响，我知道这戏是梆子腔。随着梆子的响
声，台上有个穿红衣服的女人被绑出来要问斩，这女人跑
着圆场，唱着哭腔。这时那个敲梆子的人扔下梆子，举出
一面卷着的布旗，猛地登上了桌子，旗被他摇动着，慢慢

展开，只见一些细碎的纸屑从中飘出来，我知道这是"下雪了"。六月雪，应了戏名。

这纸屑造就的雪，给我留下了终生的记忆：大暑的天气，台上大雪纷飞。台上的故事也是六月下雪呀。六月的雪（纸屑）寒气逼人。这戏台、这院子、这村子，还有这世界，一时间都被寒冷笼罩起来。

这是什么？这是感觉，是聪明的艺人开发了你的感觉，你才有了刻骨铭心的记忆。

许多年后，我在"中戏"（中央戏剧学院）读书，听周贻白先生讲戏曲史，得知《六月雪》就是《窦娥冤》。学习导演学时，还得知"意境"两个字，"意境"要独立成章讲解的，意境和感觉相辅相成。原来在《六月雪》里造就出的就是舞台意境。

二

这年大暑，我已是画家，中央电视台的散文剧要我做艺术指导，我便和摄制组一同来到冀西山区野三坡。晚上，我在山上看星星，不上山不知道有这么好的星空。牛郎和织女有天河相隔，牛郎身旁是织女投给他的"织布梭"，织女身旁是牛郎投给她的"牛扣槽"。扣槽离织女近，梭子离牛郎远，女性的手总是欠准确的，连神话故事也照应到了这一点。

这年，分体式空调正时髦地代替着窗式空调，但家里的冷和热更失去了自然，所以在我居住的这个北方热都，黄昏时，人们还是拥向大街，男人们赤着背，女人们穿得少而精，《正大综艺》也不看了，闭了所有的电器开关，喝着尘土，说着经过仔细斟酌于国于民都不偏不倚的话，继承着我们祖宗遗留下来的"乘凉"这个遗风。这时，你浑身周围才是一种难得的真实——于这天道，于这尘土，于这孩子们骑着童车在大人群里表演般的追逐。

拒马河畔野三坡的真实所在，当然要胜过喝着尘土、摇扇子的街市。晚上，且不说如意岭上飘来的阵阵凉气和蒿香，拒马河的流水声是怎样玲珑，单凭你穿起长袖衫，遥望天上的牛郎织女星，你就知道，原来千金难买的是一汪好空气。难道蝎子只是狰狞可恶的象征吗？有了蝎子，这山河、这空气、这清凉世界，不是才真实吗？

三

这天无事，我打开一本《张爱玲文集》，这是全文卷的第四卷 —— 散文卷。我打开这本不算厚、装帧也欠考究的集子读着。

四

那次我读张爱玲却没有给我留下很深的印象，只觉得她对人生的描写过分平淡。当时，我坚信文艺作品中矛盾和冲突的重要性，在我所学的戏剧学引论中，明明白白地写着戏剧性便是戏剧冲突。一个剧本的正确公式是矛盾的展开 — 高潮 — 结局。小说又何尝不是这样。当然，在当时的中国，矛盾又和阶级斗争是同一个概念。我常想，在世界被划分为两大阵营时，另一个阵营的文艺是怎样描写的，只是一味的三角恋？一味的遗产继承的谋杀案？

作品中不见冲突是我读不下张爱玲的原因，我读了叶君的一个短篇，倒有些不同：有位上海小姐，大白天在浴室洗澡，从镜子里审视自己的身体，发现自己的乳头像两只"紫葡萄"云云。有了"紫葡萄"的描写，那天在团委会我才觉出，无论如何我是"犯了案"的。

五

现在我读张爱玲，不再想到作品的矛盾和冲突。一个人的世界不也是一个矛盾着的人生吗？现在，它引我思考些艺术问题。

一次，一位电影导演约我做艺术顾问，我答应着，可惜我们只有过一两次交谈（我还出过几个小主意），合作便告终了，后来这部电影还获过一个国内单项奖，但已和我无缘。放映时，自己买了票，还看见影片中我那几个小主意，我不自量力地把它形容成几朵小火花。

我们合作的告终，自然是因了对艺术看法的不同，我曾不自量力地企图影响导演去摆脱电影艺术的"大路货"套数。旁观者清，对影视艺术我自觉是个旁观者，而影视家工作时，大都要为自己备下些"锦囊妙计"的，只待用时提取。

军民鱼水情 —— 为房东挑水的战士。水被倒入水缸的特写，乡亲捧着红枣（或鸡蛋）往行进着的战士口袋中装。战士推托，红枣（或鸡蛋）还是被装进战士的口袋。

婚礼 —— 贴着字的窗户。挂着爆竹的门。轿里的新娘。吹鼓手的特写（鼓起的腮帮像两只李子）。

地痞索要 —— 用驳壳枪把歪着的帽子向上推推。

正派人物劳动 —— 直起腰用手背擦汗。

可怜之人出殡 —— 席子外有一双露着的脚。

姨太太 —— 一只托着香烟的手。

……

我想和导演讨论的是，从二十世纪初，中国电影是不是就开始了对美国电影的模仿，而这模仿大多属于皮毛。后来，电影又影响着电视，一些作品却像个不够月的流产儿，不具备母体赋予他的自然 —— 血、肉、骨骼和神经，这母体应该是民族的生活积淀、道义的基石、文化的共识，是不是艺术家们不善于做属于自己的形象思维？

形象思维来源于感觉。

感觉不是天才，天才从来就不是文艺家独有的。孙武、张衡、李四光都是天才。而感觉才是形象思维的发酵剂。感觉像雷雨时的闪电，任意在天空游走驰骋。感觉能使你睁开一双慧眼，去发现一个"草色遥看近却无"般看似荒唐的奇妙世界。米罗[①]作画，强调要有生活中的烛光点燃。夏加尔[②]本能地追求"遥远的虚无、缥缈的绝对存在"，齐白石强调画应在"似与不似之间"，都是把感觉作为前提的。

西班牙电影大师布努埃尔的家乡卡兰达有个敲鼓的节日，几百人一敲几天几夜，"大自然也融进了这彻夜回荡的鼓声中"。人们被轰鸣的鼓声震得昏睡，只待鼓点消失时才会猛然醒来。这一反常现象，或许是布努埃尔感觉到的。

有一次，俄国戏剧大师丹钦柯，让舞台美术大师西莫夫为他在舞台上设计一个堆满东西然而却空旷的角落。西莫夫便在一个墙角放置了一个四门打开的空立柜。丹钦柯看到后，立刻拍手称好，是什么东西使西莫夫和丹钦柯一拍即合？是感觉，是感觉的同一。

可见，形象思维是以感觉为前提的，而对于感觉的忠实表达，又要首先摒弃一切人云亦云，摒弃一切虚荣和矫揉。

---

① 米罗（1893—1983），西班牙画家。
② 夏加尔（1887—1985），俄罗斯画家。

再读张爱玲。原来张爱玲有着极好的感觉，且又有勇气摒弃女人常有的虚荣和矫揉。目前，国人热浪般地热爱张爱玲，也是缘于她的艺术感觉之敏锐吧。而摒弃虚荣和矫揉又是张爱玲写作的基础。

可虚荣和矫揉又无处不在，在某旅游之地我认识一位导游小姐，她刚离开她的山村几天就对游客大谈起艺术了。几年前我在那个村子居住，当地人还过着半原始生活。一次在旅游地的一座古庙里，她自信地对我说："我认为，只有吴道子能和高更①的颜色媲美。"我忍不住告诉她，今后如再向游人介绍这壁画时，不一定要把吴道子和高更牵扯在一起，因为吴道子是以线见长的，所谓"吴带当风"。再说吴道子的时代作为绘画的颜料是简单的；高更的时代不同，画家和颜料制作家已经把颜料制作得十分精细了。她脸红起来，从此再没有同我谈起高更。我很想听她谈谈现实她们居住的那个山沟用玉米熬粥时是不是还掺桃叶，从前我在那里吃派饭，家家的锅里都放桃叶、榆叶。但当我发现她那入时的打扮，即使走着山路也不愿脱下高跷般的高跟鞋时，我便不再提问了。

---

① 高更（1848—1903），法国画家。

六

一个久居沪上，出身名门，从小就受着俄国钢琴师的训练，且又准备留学英国的张爱玲，从不把外来艺术当至高无上的标准。甚至不加掩饰地诉说着她和外国艺术的距离："凡亚林（提琴）水一般地流着，将人生仅仅把握贴连着的一切东西流了去。""凡亚林拉出的永远是绝调，太显明着赚人眼泪。""三四人的小乐队我也讨厌，零零落落，历碌不安，很难打成一片。结果就像中国人合作的画，画一个美人，由另一个人补上花卉，又一个人补上亭台楼阁，往往没有情调可言。"她更排斥交响乐，"隔一阵就来那么一套"，"埋头咬牙"，"观众只是抵抗"。对于国乐，张爱玲却说："胡琴好得多，虽然也苍凉，到临了总像北方人的'话又说回来了'圆兜运转，依然回到人间。"

当然主张艺术圆兜运转的听众，不都是非要"抵抗"洋乐不可。所有外国音乐大师，也都主张艺术的圆兜运转和依然回到人间。张爱玲也自有对音乐的片面，并不完美。我说的是她在叙述自己对艺术的感觉时摒弃虚荣的勇气。

装腔作势的媚态，不就是虚荣？

张爱玲总是真实地迷恋着人间。她爱胡琴、爱颜色、爱一切气味。夏天房门低垂的竹帘子，龙须草炕席上堆着的一摞翠蓝与青的衣服，凡此都能"悄没声地"给她以喜悦。她爱人间的一切气味 —— 烟火味、雾的轻微的霉气、雨打湿的尘土、葱、蒜、廉价的香水味，还有汽油味。牛奶烧煳了、柴火烧黑了，那焦香气味使她觉得饿。

最使我感兴趣的还是张爱玲为她的小说集《传奇》所写的序言。乍看去，这序言简直是一篇漫不经心的胡言乱语。但那实在是张爱玲直白了的艺术观，她本来存心要把自己隐没在人类历史中的，正是这个直白了的艺术观，反倒使她耀眼起来。那序言原来是一个和书本身毫无关联的故事。

二十世纪四十年代时，发源于河北的蹦蹦戏（评剧）在上海一直被称作过了时的破烂。面对这种低级趣味的小戏，张爱玲非要去欣赏一下不可，后来她约了一位女友去了，坐在第二排的位置上，开始只是听着"风急天高"的调子，剧中人声嘶力竭地与胡琴的"酸风"梆子的"铁拍"相斗。但她还是看了下去，看了一出英俊小将认母的故事，还看了一出叫《黄爱玉上坟》的戏。

风流淫荡女黄爱玉与村人私通，与奸夫合谋杀害了丈夫，却装作痛苦地上坟祭奠丈夫的亡魂。有官员乘轿过此，遇一旋风挡道，官员差人前去打探，了解这旋风是"男旋"还是"女旋"。差人回禀说，旋风系"男旋"，官员又差人去追踪，那人随旋风行至一新坟前，发现哭坟的黄爱玉，遂将黄带至轿前受审。黄爱玉无奈，百般打着比喻交代丈夫是如何身亡的，这官员却听不明白其中的缘由，黄爱玉不得不直白道："大人啊，谁家的灶火不生火，谁家的烟囱不冒烟。"意思当是，人受了七情六欲的驱使，有个外心不也自然？官员明白了，观众也明白了。

张爱玲又对扮演黄爱玉的演员不惜笔墨地作了描写，并从这个普通的风尘女子身上发现了艺术的归宿。

> 荡妇阔大的脸上拓着极大的两片胭脂，连鼻翅都擦红了，只留下一条粉白的鼻子……水汪汪的眼睛仿佛生在脸的两边，近耳朵，像一头兽。她嘴里有金牙，脑后两绺青丝一直垂到腿弯，绯红衫袖里露出一截子黄黑、滚圆的手臂。

哪知从这位其貌不扬的北方戏子身上，张爱玲得出的结论是：

将来的荒原下，断瓦颓垣里，只有蹦蹦戏花
旦这样的女人，她能够依然地活下去，在任何时
代、任何社会，到处都是她的家。

张爱玲发现有归宿的艺术才永远有生命力。

奥地利画家克里姆特，甚是看重中国武强年画，并多
次把它们作为背景搬进自己的作品中。而林风眠有了对于
民窑瓷画的研究，才成了中国的林风眠。

面对一些正风靡的"艺术"，面对荧屏上那些体态无可
挑剔的美女，面对一些不着边际的唱段或词或曲，我常常
想到他们的归宿。一些昨天还流行着的东西怎么今天就突
然消失了？

七

拒马河是一条蜿蜒于太行山中散漫而多弯的河，我喜
欢它那姿态多变的河道，喜欢散落在河岸上那些古朴原始
的村落，最使我惊心动魄的还是那些如斗如箕的大石头。

洪荒的宇宙把它们无序地排开来。有时你觉得它们实在不是石头，是人，是一河的女人。那真是早已胜过了女人本身。我拍过一些看似怪异，然而又真实得足以使人受到"抨击"的照片。有不少影视家对这个题材动心，后来中央电视台有位女导演风尘仆仆地赶来了，把这故事谈得十分动情，当我拿出几张"女人"照片给她看时，她"呀、呀"地连连惊叫着。从这声调和她的表情里，我已感觉到我们在感觉上是同步的，就这样，我们不仅当即敲定了对于这些"女人"的入镜计划，我还做起了艺术指导。老实说，有了那次"闹电影"的教训，我对于指导一类的差事立志要加以慎重，然而为了那一河石头，我又蠢蠢欲动了。

八

又一个大暑天，我们真的兴师动众结伴来到拒马河畔，先把那些容易入镜的、千姿百态的、裸着自己的"女人们"——摄入镜头。石头和我们一样顶着烈日任我们围住它们旋转着摆布。然而我们面临着的难题并非这一河静穆着的石头，而这个河之女的故事中还有"边下河边把衣服脱光高高抛向河岸"在河里真正"疯"着的少女。没有这位浑身奔腾着热血裸着自己的少女,哪有这一河石头的灵性、这一河从天而降的青春?有位鲜活着的裸着的少女入镜,看来是不可避免的了。

每晚我们静听着拒马河的流水声,遥望着天上的牛郎织女星座,研究着这个不可逾越的难题,"河之女"你在哪里?

我们厚着脸皮四处打听,终于,明事理的村支书帮了忙,使问题就那么迎刃而解了:河岸有个叫东的村子,有位叫西的女子将要出现在我们面前。开拍那天我们把摄制组的人减了又减,最后只剩下一行四人。

大暑的天气,太阳炙人,在拒马河一个僻静的拐弯处,我们迎接了西。

我想到了画家的职业,画家对于裸体女性是熟悉的,在教室里,模特们面对手执画笔弄艺术的人,其心态和体态各异:矜持者有;妖媚着自己,努力地模仿哪个大明星者有;眼光充满疑惑且四处乱溜者有。当然也有"浑不论"者,把条胳膊往椅背上一搭,腿一叉 —— 不是给报酬吗?但各种女子的各种坚持,到头来都是以哈欠连天、点头打盹,不顾个人仪容而结束。画家也麻木着不知正在画着何物。

对于西的到来,我也有过多种猜想。

这是一位中等偏高、体态适中的短发女子,细眉细眼两腮透红。她上身穿件宽松针织衫，这宽松不是对时尚的追求，实在是那衫子的稀松。下身穿件淡绿色的肥大短裤，腰间是大针脚拢住的松紧带，一看做工就知道是出于自己的手。她一路揪着山路边的草穗，绕过荆棘而来，待到和我们只剩下一水之隔时，把两只软底布鞋脱下，朝着河的这边"嗖嗖"便扔，人也走进水中，很快就和我们站了个对面，那双细细的眼睛正在告诉我们——我来了，你们要我做的事，我早就知道了。

我们相互看看，一时不知如何对付这女子了，后来还是我先开口，我把故事大意和她应该做的向她述说一遍，她一下就明白了。"我们也下河洗澡。"她说。

"在这儿?"我问。

"也在别处。"她说。

"你自己?"我问。

"有时也有当块儿的结伴儿。"她说。

"那么现在……"我说。

"现在下河?"她问。

事情就如此简单，剧务小姐连忙撑开一把伞为她遮挡着脱衣服，她自己早把短裤撑开，两条健康的腿从裤管中抽了出来，我们正处于一片惊喜时，她两条胳膊早在腹前围个满圆去撕扯上身的针织衫了。

我已经否定了我对这位模特的种种猜想，在此之前，我们曾把这场戏的要求设想到最低限度，女导演也开着玩笑说，有个"屁股"就行，原来我们正在亵渎着自己。

接下来，是河之女在河里的一连串动作，再后来是河之女在河滩上晒着太阳，同远处给马洗澡的男人的笑骂，她做得真实自然，显然已忘却岸上有几双眼睛挑剔地盯着她，忘记那个黑色的怪物（摄像机）正吞噬着她。

我们成功了，确切地说是西的成功。河是属于西的——女人的河。

表演是什么？我问自己。

九

八十年代初，我有幸听过大影星赵丹的一个表演艺术报告，他说他一生只佩服两位中国演员，一位是魏鹤龄，另一位是金山。关于魏鹤龄，赵丹赞扬他在表演上的悟性；关于金山，赵丹赞扬他的英武、潇洒和帅。说金山在一出话剧里为了给自己设计一个形象，一定要服装师给他披一件黑色的大斗篷，披斗篷的金山上场了，场上是一个使他惊愕万分的场面，面对这场面，金山先是一个停顿，接着把斗篷的系带解开，斗篷"唰"的一下飘了下来，于是金山的表演"镇"住了观众。我们请到的西，不俊不帅，原来她已婚，二十二岁的年纪，乳房已下垂，腹肌也不再紧实，但背和腿极好，从背后看去，仍像一个蓬勃的少女，使人想到马约尔和维格兰的作品。她的举止和表演无关，我没有任何空间猜测赵丹面对这样一种"表演"是否也会赞不绝口。

表演学到底是一种什么学问？它应该是教人去如何摒弃表演的学问。把这一理论系统起来且称为体系的，无疑应是俄国人斯坦尼斯拉夫斯基。但至今，这理论仍被一些明星慢待着，他们热衷于表演"飞扬"。

张爱玲发现"飞扬"和"安稳"并存于人间。她说有弄文学的人专事人生的飞扬，而忽略人生的安稳。她说："飞扬多少有超越人生的意味，而人生安稳的一面则有永恒的意味。"

人生既如此，那么专门为这表演人生的表演学呢？

十

电视观众能否看到拒马河中那个不事飞扬的女子，很难说，摄影机下的片子是要经过一些"关口"，国人的欣赏习惯哪有不考虑的道理。我和导演到底又做了两手准备 —— 从旅游地一个餐厅里又请了几位女服务员，再次演了一遍河之女。在镇上请人做了几件小裤褂，她们穿上这裤褂下河时，都努力拽着衣襟去遮挡自己某些地方，我们也跟她们说了"戏"：在水中推搡打闹，夹杂着被导演启发出的笑声。我们到底又搬出了自己的"锦囊妙计"，到底又走进了那个和形象思维无关的胡同里。

十一

西的戏演完了，一个猛子扎到河里，冲掉沾在背上、臂上的沙粒，在岸上坐着穿鞋，把湿漉漉的头发拧拧，穿好衣服便忙着回家做午饭了。再过一会儿，当是她带着一身拒马河的气味在灶前闻着柴草的烟味，开水泼进玉米面里的面味，闻着蒸汽冲出锅盖的气味 …… 还有什么味？当是男人回家后的汗味，男人脚上的新土或新粪味。

有了一切真实的气味，人不是才有了真实的归宿吗？

艺术家的形象思维是要靠一切气味激发的，气味有时真能闻到，有时却凭了感觉。

一度消沉十几年的苏联画家苏里科夫，有一天接到列宾寄给他的一个邮包，他打开来，是一包油画颜料。正是这颜料的气味立刻又使他的形象思维复活，他一举画成不朽的画作：《攻陷雪城》和《叶尔马克》。

　　西沿着山路走了，只是把一个真实的她留给了我们一行四人，这对于观众对于文艺家们，无论如何是件憾事，唯一能够使自己得到安慰的是，如今拒马河中因为有过西，那一河石头的血液才更鲜活了。

　　艺术是什么？表演学是什么？文学是什么？你面对着一河石头；人间的一切气味和冷暖；台上台下表演者的"飞扬和安稳"；对于矛盾冲突和一两本众说纷纭的书。但人类在不自觉中又萌生着感觉，就此而言，真实的雪天的寒冷，也就永远赶不上舞台上那些飘落的纸屑。

1995年8月初稿

2009年6月整理再改

面对石头

一

　　小时候，我不知道赵州桥有一千多年的历史，只知道它是座老桥。我们的村子距赵州桥五里远。

　　老人们把发生在桥上桥下的事，统称为"老年间"。那些老年间的故事总是和"八仙"相联系。桥上有柴王推车过桥的车辙印，他的车上有四座名山。还有张果老骑驴过桥的驴蹄印，他倒骑着驴，手托日月星辰。这些印迹留在了由青石铺成的桥面上，成了仙人过桥的证明。看来仙人们决心要对这座桥的承受力进行些考验的，然而，桥是坚挺的，仙人们对它的伤害仅是一些皮毛。

儿时，我常站在桥下上望，耳边还响起与这桥有关的另一些故事，那故事证明着这桥的高大，它高大得任你去想。有故事说，燕子在桥上下了一个蛋，当这只蛋跌落至桥下时，小燕子即破壳而出了。可见那蛋划过了多么漫长的时空。桥面以下的石缝里就住着成千上万的沙燕，它们围着桥上下盘旋，和石头亲近。原来它们早就发现只有石头做窝才是永恒的。燕子们远比乌鸦、喜鹊聪明。我的邻居家有几棵老榆树，树上住几窝喜鹊。遇狂风时，它们的窝常被吹破，喜鹊们便终日忙碌修窝，修窝成了它们的家务。石桥下的燕子们却免去这终日劳顿。它们只需找准家门，离弦箭般地自由出入，围着桥上下盘旋。我没有看到过由上而下跌落的燕子蛋，也没有看见破壳而出的小燕子。却常在燕子们盘旋中踏上桥面，去寻找车辙和驴蹄印，想着八仙过桥时的种种细节：那几座名山是怎样装在柴王车上的，因为车体的容量和山的体积是存有矛盾的，那日月星辰又是怎样被张果老托在手上。但，八仙毕竟是从这里经过的，不然，那些印迹怎么会留在桥上。于是那几座大山便扑面而来，日月星辰正在山间闪烁。

转眼已过了六十余年，我已是一名画家。二十一世纪初，乡人邀我去参加赵州桥建桥一千四百年的庆典。我又踏上那青石铺成的桥面。此前，旧的桥面已坏，新铺的桥面还新。但车辙和驴蹄印"尚存"。原来工匠们在重修这石桥时，没忘记那个"仙化"的细节，决心使车辙和蹄印再现。只是他们在刻画这一细节时忘了追究它们的合理性，做工显出粗心和不慎。那车辙明显地不符车轮直径的大小，看上去只有童车般大。而对于驴的行走更缺乏研究，步距和蹄子的大小也全然不顾。这是一次拙劣的再现，使人不能由此展开想象。加之几块新栏板不高明的雕刻工艺，大大损害了这桥的神圣感，使人失却了对桥的尊重之情，更不会由此再去展开自己的联想。我看到，一个大人指着这印迹向一个几岁的孩子说那就是车辙和驴蹄印时，孩子并不相信，他高喊着对大人说："哪像呀！哪像呀！"这喊声使人汗颜。

这一悲剧的产生，或许原因众多：设计者的粗心、石匠师傅手艺的低下 …… 其实，这首先应该归结于后来的建桥者缺乏对石头的尊重吧。有史以来，石匠们面对石头做文章，造神、造佛、造庙宇、造神殿、刻碑，也包括了造桥，对石头总是怀着无限尊重的。于是，石匠们一面尊重着石头，那些心中的形象、偶像才会油然而生。之后，人们围绕石头或观赏或顶礼膜拜，才能信心百倍地完成着自己的想象和期待。当善男信女面对自己心中的偶像时，也就很难分清自己面对的是佛是神还是石头。是聪明的石匠把石头"佛"格化了，人们一面尊重着心中的偶像，一面尊重着石头。

二

凭什么我们异口同声地说，中国历史上真的有过颜真卿、褚遂良、虞世南，因为有石头为证。当你面向他们的"真迹"肃然起敬时，也是面对石头，因为是石头印证了书圣们的存在。刻碑匠人在刻碑时，一面小心翼翼地尊重着书圣们的笔迹，也一面小心翼翼地尊重着石头。书圣们的真迹跃然石上，书圣们鲜活起来。

三

人们对石头的尊重并不限于呈现出的石头巨作。

小时候，我家在村中属富户，有毗连的院落，有车有牲口，且有长工帮忙劳作。黄昏时长工赶车回家，铁轮大车从门洞底下经过时，车轮都要碾过一块石板，这石板粉红色，门一样大，十多厘米厚吧，它被稳定地嵌在门道内，目的是怕车轮久轧门道成坑。这石头，称"过门石"。黄昏时，车轮碾上去，发出"咯噔"一声的共鸣。少时长工卸下牲口，和我们共进晚餐，大家吃着同样的"二八"米窝窝、小米粥、老咸菜。这是一天的结束，那车轮击石的响声便是一天结束的信号。第二天家人和牲口再踏着过门石进出这院落。这类石板，家中还有。它是粮食瓮、咸菜缸的"盖头"。由这石板盖着的瓮内存放着细米、细面，缸内则存放着常年吃的咸萝卜。这是一块圆形的比缸口稍大的石板，动用缸内之物时，大人用力推开，推时因了石板和缸口的摩擦，发出"嚯嚯"的响声，那响声能传至院内任何一个角落。此外，家中还有不少石器，碾磨、牲口槽、猪槽、捶布石、磨刀石……它们各有各的形象和气质，和家人朝夕相处，形影不离。它们虽不如那些偶像神圣，但同样受着人的尊重。一个缸盖，使缸内的细米、细面免遭老鼠的祸害，槽类是猪狗进食的食具。而有了捶布石才能使刚织出的布平整贴切可爱。磨刀石预告着一个秋天或春季的来临。而没有碾磨哪来的细米、细面……

然而我们那里不出石头，四周尽是黄土。我常想：石头们，你们出自哪里？

时间到了公元1946年，我已是一个十一岁的少年。这年我们这一带已是"老"解放区。在政府的发展生产、保障供给、鼓励民间生意往来的精神下，各地互通有无。于是便有村人借了我家的大车和牲口在当地买了盐到邢台去卖，家人派我去"跟车"。从我的家乡到邢台有两天的路程。大车南行一天多，地势渐高，车马迂回而上，当牲口又费力地爬上一个高岗时，见一群人正在挖开半壁土山开采着什么。我走下车前去观看，哇！原来有人正在开采红石板。开采者用一根撬杠，把石板一块块撬起，大者如门，小者面积不等。看见它们，我宛若看见老熟人。它们那熟悉的形象，"曬曬"的响声，伴着我从一个儿童长成了一个少年。面对它们我久久不愿离去，直到赶车人喊我上车。后来听村人说，再往前走山里尽是石头，什么样的都有。

　　距此六十年后，我得知邢台有个英谈村，又称石头村，便专门去看这村的石头。原来一个村子通是这红色石板。从明代建村至今已有六百年的历史。走进由石板建成的寨门，就开始踏着石板进村了。村中错落的村舍，路边的栏板，天梯般的石阶，尽是石板。即使走进任何一个院落，也尽是石板。街门、地面、墙面、桌椅、井口、灶台，这才是一个红石板的世界。工匠们对这些石板的铺排、剪裁是那样合理、那样别具匠心，不显任何"败笔"。

我们在一个农家吃午饭，突兀的一声巨响——"嚯"。这是一个大瓮被推开了，家人要从中取出细米、细面招待我们。这一久违了的声响终又出现在耳旁。这声响不仅唤起了你的食欲，还能唤起你对生活的憧憬和创造的欲望。

四

造石之败笔，是艺术创作中最为遗憾之事了。面对一块石料，败笔是对石头严重的糟蹋和亵渎，这是一种不可救药的拙劣。

我现实的住处毗连市里一座不小的公园，公园里矗立着一些"艺术家"设计、打制的石雕：现实人物、神话故事、象征形象都有，我每天从此经过都觉出它们各自的难堪。为什么艺术家把它们打制得如此惨不忍睹，对于那些古今中外的人物连比例都不讲了，在艺术家的刀斧下，这些人物动作反常、表情怪异。有位小朋友指着一尊被称作古希腊女人的雕像对大人说："看，大妖婆、大妖婆！"一个年老的妇女用脚踩住一尊卧女的头在系鞋带。几个年轻人将手中剩余的啤酒向一尊裸体女人的私处猛倒……本是洁白如玉的石头上留下的是脚印、手印、痰迹、污渍。难道这只能怪国人的素质低下（当然，国人的文化素质确有待提高），若找原因，我仍然觉出是艺术家对于石头缺乏尊重。面对一方石头，太随便了，随便得使观赏者也不再有对石头尊重的可能，到头来这些"艺术品"沦落得连原来的属性也不具备了。假若石头会说话，一定会异口同声地说，还不如是块石头呢。

我常从一些采石场走过，那里矗立着许多巨石，从没有人对它们有任何不恭。采石工人凝望着它们，希望它们成材、希望它们受人尊敬。

五

意大利雕塑家米开朗基罗被美第奇家族请出，由自己的家乡到罗马去打工。那时的米开朗基罗还不是一位顶级艺术家，但已显出过人的才华了。这位才华横溢、踌躇满志的青年，一次在路过佛罗伦萨杜奥莫大教堂时，发现工地上闲置着一块四米多长的石料，之前几位艺术家都想把它打制成一件作品，然而都觉得不好下手，看看走了。后来米开朗基罗来了，发现这石料中蕴藏着一位体格健美、力大无比的男子，这就是大卫。大卫的题材虽然不是米开朗基罗的首创，但他根据这块石料，发现了真正的大卫，在他之前雕塑家们都把这位具有象征意义的男性雕成一个美少年，手提宝剑，髋部歪向一边，有点女气。米开朗基罗决定改变这一形象，把他处理成力量和美的化身，因为他是一个弱小民族建立共和制的象征。是什么启发了米开朗基罗这一大胆的形象化的设想，显然是眼前这块四米多高别人不敢去碰的石头。是米开朗基罗基于对这块石头的尊重，展开想象，很快，石头的气质和尊严转换成形象，便是后来众人所仰望观看的大卫。当你站在佛罗伦萨仰望这块"石头"时，很难说你是看到了什么。是米开朗基罗的手艺？是大卫那通身活起来的肌肉群？是他那炯炯的目光？是力？是美？这些都有。但你无论如何也不会忘记，你驻足欣赏的还是石头。

六

另一位痴迷于石头，怀着对石头无比尊重的感情，以自己的生命做抵押，创造出人类的生命奇观的，是挪威雕塑家古斯塔夫·维格兰。

二十年前我曾写过叫《生命奇观》的文字，赞美过这位挪威的雕塑家。

二十年后我再次来到以维格兰命名的雕塑公园时，发现的是雕塑家在完成自己的"生命"主题时，对于材料选择的不同：他在完成前期作品二十棵生命树时，用了青铜。当二十年后，他再完成他的"人体柱"和围绕"人体柱"那三十六尊人体雕塑时，则要通过"亲人""家庭""亲情"来表现人类生活中的"坦诚"，而这坦诚却分明有几分拙笨。维格兰发现只有石头才具有这种品格吧。

青铜是尊贵的，尊贵得有几分自怜。而石头只有坦诚，艺术家要创造一个坦诚的世界只有用石头。

七

我所谓的石头，不包括那些专供人把玩的，面对那些大大小小被人搁置上架、打磨精光、使油涂蜡的石头，我常觉出那是石头们的无奈。人，使它们失去了自己的"石"格。

八

　　我还是喜欢那些散落于民间与人朝夕相处、难登大雅之堂的石头。一次我在河北与山西交界的涞源县写生，在一个农民的院子里发现一个石头蒜臼，捣蒜用的石臼，心起"念想"，便托人去买，我在院外等候。去人和主人久谈不下，甚至出了高价也无济于事，后来我再回到院中企图说服主人，才发现主人是把这物件作为宝贝的。细听，他所谓的宝贝不是"古董"之意，而是祖传。主人是一位中年男子，双手紧抱着这蒜臼，面色显出惊恐地在诉说着，他说小时候常见爷爷奶奶用此物捣蒜，继而是他父母。说，每当看到它，老人们如在眼前。这时我再看那石物，那里留存的显然不是三代人的痕迹，而要久远得多，五代、十代也许更多。但这石物实在太可爱了，它那不拘小节的造型，它那柔韧的质地，"熟透"了的纹路，实在使人难舍。最后我还是决定了却此念，告别主人。我想，主人之所以对它难舍难分，因为在他眼里它早已不再是石头，而是一家之魂。然而能成为一家之魂，也正是这石头的灵气吧。

九

能成为一个民族之魂的，又何尝不是石头。云冈、龙门、南北响堂……

十

我又想到我家那块过门石。

光阴荏苒，风云变幻，仅几十年的工夫，我家那几处院落已不存在。家人也各尽其能流散于域内域外。至二十一世纪初，我才独出心裁，决定在故乡寻回一小块老土，使流散于各地的家人有根可寻，在稍费周折后，还真建起了一个小院，这小院虽然才是原先面积的几十分之一。当我真的站在院内闻到故乡那特有的黄土气味时，"贼"心不死竟想再使这小院加以丰富，那么必得有几件老家的器具做填充。于是，我又想到了石头。几位乡人似乎猜透了我的心思，便朝着这小院开始了一个"献石"运动：有人滚来一对门墩，石上雕着梅花鹿，不错，儿时我就常踩着它们攀上门楣掏家雀；有人又抬来一方捶布石，我母亲就是在这块石头上用棒槌捶打，使织出的布服帖平展，现在石面竟光滑如初；几个人送来一只喂牲口的大石槽，这石槽巨大，原本可供三头牲口进食。只因它挪动不便，才逃过了那一年大炼钢铁被粉碎的命运（据称它内含矿石）。之后，半盘磨、两个柱础、一个井口、两只缸盖……也出现在院中，一时间院内成了一个石器博物馆。但，门下那块过门石呢？我心神不定地在思念着。少了它纵有石器百十件，也难使这家在村中"再现"。终于有了消息，原来这东西也是因了躲过大炼钢铁，有好心人才把它在地下一埋几十年。

石板还家了，但它已少了自己的位置，一个小小的少了大门的院落，再无它容身之地。我决定把它"供"在院中，让它成为这院落之"魂"。现在我凝视着这院落之"魂"，终又回到童年，院中的一切也复活起来：又是一个黄昏的开始；鸡在叫着上窝；猪和狗又在为一件事互不相让；风箱响起来；缸盖又发出"嚯"的声响；母亲在招呼全家吃饭了……

你尊重着热爱着坦诚的石头，石头抚慰着你，你实现着无尽的联想、愿望和期待，直到永远。

我们面对石头。

2008年12月初稿

2009年12月再改

作者面对石头（摄影）

绘画的有感而发和形式的确立

提倡绘画观念更新的结果，使许多画家都开始惶惑，即使那些以为自己把观念更新"到家"的画家，仍感心中无数。虽然有人说过一个画家就是一个上帝，他们的个性、才智都处于散漫发挥的状态中。然而，有感而发一直被那些严肃的画家重视。

二十世纪五十年代，苏联文化向中国迅猛推入。当时虽然也强调过艺术的有感而发，但那时，艺术创造规律不适当地强调忠实你所描绘的对象，结果用模仿论代替了有感而发的内核。加之又不适当地强调作品的思想内容，把造型艺术套上文学描写的羁绊，或把本身属于形象思维的文学艺术，用逻辑思维的方法去衡量。这样，写实艺术在一定程度上虽然填补过中国艺术发展的不足，但模仿论也不免使中国艺术显得有些呆板。于是八十年代，中国艺术家在"创作自由"的口号感召下，才终于悟出了绘画观念必须更新这个道理。

我们的祖先在自己的艺术实践中，早已确立了符合艺术规律的观念。目前这一口号的提出，应该是用来提醒艺术家重视起我们祖先所走过的道路，在艺术潮流此起彼伏的当今世界，摆正自己的位置。

中国艺术引起西方的真正重视，虽不过一百余年，然而这种中国式的绘画观念，远在彩陶和象形文字出现时，就早已存在了。后期印象主义乃至现代绘画家对中国画的注意，说明了中国绘画观念是极符合现代造型艺术规律的。不论是克里姆特还是莫迪利亚尼，都发现了存在于中国艺术中那种深奥的、永恒的形式感。塞尚虽然骂过高更不该用中国方式画油画，然而他自己的绘画观念却不谋而合地和中国古代艺术也相一致了。

二十世纪五十年代到六十年代，由于中国对西方艺术的排斥和对苏联艺术填鸭式的学习，使我国艺术家忽略了东西方艺术家在绘画观念上的这种一致性。到今天却误认为，观念的更新就是一味地到西方艺术世界里去寻找，而忽略了东西方艺术早就存有相辅相成的这一现实。当然，这并不是说，我们就没有必要考虑、研究当代西方美术用来发展自己了。如现在西方艺术家提倡的不拘泥于传统描绘，而重视美术的"拓展"精神，抽象艺术的无境界特点以及重视绘画思维的创造过程等，都值得我们很好地借鉴。

然而，无论如何，任何一种观念的确立，任何一种形式的出现，画家都不应离开有感而发的。一幅作品能否引起观众共鸣，有无生命力，也就在于此。是有感而发的创造，还是从形式到形式，观众会一眼看穿。在这里，上帝实际上是观众。

不能把感觉误认为就是感受，就是有感而发。感觉在哲学认识论里属于认识的初级阶段，虽然它是画家认识对象不可少的阶段，但感觉毕竟只停留于表面。如画家对形象的感觉 —— 形象感，只能帮助我们对描写对象外部特征的认识；画家对颜色的感觉 —— 颜色感，只能帮助画家抛开对描写对象固有色的注意，而转向对条件色和调子的注意；画家对空间的感觉 —— 空间感，只能帮助我们增加对三度空间的刻画。但这一切并不是绘画的根本。画家要把对象变成形象，还要有认识上的升华。

认识的升华，哲学家把它分成两个范畴，即逻辑思维和形象思维。如果把许多感性形象加以分析综合，求出每类事物的概念、原理或规律，这种思维形式便是逻辑思维。文艺创作虽然有时需要这种思维，但这不是文艺创作的主要思维方式。文艺创作的思维方式，是要把感觉到的种种映象加以整理和安排，来达到一定的目的，这种思维方式叫形象思维。这种认识的升华，不是由形象到逻辑的转移，而是形象本身的升华。美学上的"移情"作用，大约指的就是这种感觉的升华。这时，艺术家在观照对象时，已由"物我两忘"达到"物我同一"，把人的生命情趣转移到对象里去，使有生命资本无生命的对象，注入了人的更高级的情趣——人情，从而显现出比本来的形象更本质、更生动、更凝练的形象。

中国古典哲学孕育了中国文化艺术，影响了中国文化艺术发展的个性。目前，世界现代科学又开始了对中国古老哲学的验证。他们觉得，没有比中国画的笔墨、颜色特点更符合形象思维了。直到今天，西方的绘画也没有达到像中国画那样更能发挥画家的个性和意念的艺术水平。许多人认为他们的色彩，远不如中国画的色彩更抽象、更含蓄、更具美学趣味。八大山人决不会同意现代人把他的画用简单的"变形"两个字来加以形容。

近年来，有文章谈到过中国画的悲剧，不承认这种悲剧是不现实的。只是形成这种悲剧的原因倒有待于探讨：正是思维的混乱干扰了中国画的复兴。规定题材、审查草图、加工制作的创作方法，从来就没有成功过，然而今天仍被错误地沿用。把创作误认为就是情节的绘画，把写生和写实人为地分开，更使绘画自身的生命力受到了不应有的挫折。实践证明，这一切都会打乱画家的形象思维，把画家的有感而发的可能性缩到最低限度。

如果"观念更新"是当今中国美术振兴的一个有价值的口号，那么它首先应唤起人们要把我们不自觉失掉了的观念 —— 有感而发的创作原则，重新提到应有的位置，使艺术家的自由创作精神得到发挥。

奥尔斑（奥地利画家、理论家）在回答何为艺术时，曾提出了一个重要论点，即"创造性"或"自由创作精神"。他把这一特征看作区别"艺术家"与"画匠"的根本标志。

可见从有感而发酿成的"自由创作精神"才是我们要提倡的新的绘画观念的基本核心。当然，这并不意味着这个观念的全部。问题到此也并没有结束，下一步应该是这个核心的落点，即绘画的形式。

凡·高的最后几年如果不顽强地生活在法国南部小城阿尔勒，大约艺术史上不会留下凡·高的名字。我们在读凡·高的画时，往往只注意到了他那旋转着的笔触、火焰般的颜色，却忽略了产生这种形式的历史、地理乃至他自己的生活条件。神经质的凡·高好像在阿尔勒才找到了太阳，才找到了在太阳下跳舞的麦田、果树、向日葵，阿尔勒成了凡·高能够有感而发的契机。于是凡·高永远和他的独有的艺术形式联系在一起了。

高更的形式却是在塔希提确立的。他笔下的女人之所以像塔希提的树木一样沐浴着阳光委身于大地，正是他受到塔希提大自然的感动。他说："我所以是坚强者，是因为自己本身正创作出某种东西。""必须把自己的心与灵魂投入战斗。""我既不是自然的奴隶，也不是邻居的奴隶，我是我自己，始终是我自己。"高更前两句话讲的是由于他能够有感而发而激动，后两句是为他能够确立起自己的形式而自豪。因为他找到了自己 —— 高更的形式。

而毕加索把对象"立体"起来的形式，正是他感受逐渐深入的演变，从他的许多变体画里，就能证实这一点。

我没有读过潘天寿关于从感受到形式的论述，但在属于他的形式里，他常常是把雁荡山的博大无垠和野花的风采巧妙地糅为一体。

俄国戏剧家斯坦尼斯拉夫斯基总是把寻找一出戏的外

部演出形式作为自己导演艺术的最高准则。

奥尔斑对于艺术理论的重要贡献，是他由"自由创作精神"之说，又引申出一个重要论断，即形式的决定性。他说："能够充分表达艺术家精神的主要在于形式，第一流的艺术杰作总是以形式表达的创造性和真挚性而获成功。""只有外行才留意绘画中的故事性，他们只要求看明白是什么故事。"有人误把形式称为形式感，甚至又把形式感归结为"变形"。应该说没有不具备形式感的物体，茶壶、茶碗都有自己的形式感，任何一件美术作品也有自己的形式感。而"变形"则是对那种不符合写实标准作品的统称，那含义褒贬皆有。

形式不是指这些，形式是画家潜心经营出来的一种完整的"联合体"。这种联合体是画家的自我抒发，而并不是对象本身的写照。奥尔斑在解释形式时说："必须不顾物体本身面貌去服从联合体的整体性。""形式中记载着画家有意识无意识的感情。"

分析一下中国画里的鸡笼，就能找到这种"不顾物体本身面貌"去"服从联合体的整体性"的形式。

中国画论里也最倡导这种"有意识"和"无意识"的感情，即所谓"若不经心，神来之笔"。当然，这也包含了画家的功底、修养、经验和艺术趣味。

应该说画家一生都在寻找自己的形式，然而并不是所有画家都能找到。而对形式的敏感程度，也就成了区分内行外行、高手低手的重要标志了。

如果我们重温一下古今中外大师们的作品，就会发现，他们为了确立自己的形式，总是把那些不符合这种"联合体"的构想，从自己画面中除掉（马约尔除掉的也许正是罗丹要保留的），把那些符合这种"联合体"的构想，小心翼翼地增添进去。对形象、颜色、笔触乃至一些微不足道的细节，他们都严密地进行审视，于是一个新的联合体诞生了。并不是所有画家都能找到自己的形式，也不是所有观众、读者都会为你的形式拍手叫好。

懂得康定斯基、布拉克、达利的人毕竟很少（包括专业画家）。但他们之所以是不朽的，被全世界谈论，是因为他们的形式毕竟和人类历史产生了共鸣。过去我们不懂这个道理，才总是左顾右盼、顾虑重重。因此在艺术上进一步退两步的画家居多。

总是以观众的多少来裁决自己作品的存在价值，实际是自己跟自己过不去。一个民族的文艺复兴，一个画家群体的出现，正是那些具有顽强精神者孜孜以求的结果。这取决于他们在观念上的一致性和寻找形式时又格格不入的精神。

形式决定着画家的成败，然而形式并不是从天而降的。纵观一下艺术发展史，总能找到可供我们借鉴的轨迹，这个轨迹能使我们自觉地去区别"确立形式"和从"形式到形式"，区别完整的联合体和支离破碎的拼凑，区别植根于感受中所求得的质朴和矫揉。

重视形式的确立，并不是一味地把我们引向西方的现代艺术，而更应该看到我国艺术在西方艺术潮流某种艺术风格的形成中所起到的不容忽视的作用。

1987年11月1日

发于《文论报》

艺术家兴奋点的转移

我愿意和青年画家朋友聊天，他们有的正在独立作画，有的尚是学艺术的学生。我常受着他们的启发，也常为他们使用的语言而疑惑不解，比如艺术的"张力"（有说画面的张力）。我看得出他们常常因了能用这"张力"形容绘画而兴奋不已。这些物理学中的通常用语，被我们的年轻朋友们用得含混不清。我只知道水遇冷结冰后产生的张力冻裂了水缸；水的变热化作气体，张力推动着壶盖的震动。那么，张力在画面上如何呈现呢？我问着，朋友的回答更使我糊涂。于是在我们的谈话中，张力很快就变得无影无踪，我们还得寻找一个新的开始，寻找一个看得见摸得着的话题。对于艺术我愿意谈论那些看得见摸得着的东西，因为我从中尝到过甜头。我说，你怎样将一个苹果画圆呢（立体的圆），你怎样将人的耳朵画在他头的侧面呢？你怎样将近处麦田的绿色和远处麦田的绿色从倾向上分别开呢？还有，你坐在天空下写生，天空像口大锅，你怎样把这"锅感"也搬到你的画面上呢？这些看似绘画的老生常谈，原来并不是儿童画班的学生才应遵循的。因为你的职业是要用看得见摸得着的艺术的方方面面去和观众进行交流，你又怎么能摆脱掉圆的苹果、长在头部两侧的耳朵、绿色倾向的差别、似锅的穹宇所造成的一切呢？当然，这一切都是仅就我的艺术主张的整体系统而言，换作另一种整体系统便成了偏颇的谬论：耳朵为什么不能长在人的脑门上。毕加索的生命力就存在于他的看似反常的把人的五官灵活调动，于是立体主义诞生了。

先前，我在学校学绘画，很为我能把苹果画圆而兴奋，也很为我能把几种不同倾向的绿色区别开来而兴奋。这样，画了不少年，兴奋便也渐渐失去了。因为别人在称赞我画得"纯熟"的时候，我却感到了单调，感到画面的脆弱。于是我就想，绘画为什么一定要这样。看来我必得去寻找新的兴奋点。这就要多研究一下艺术的本质了。艺术既然是人类交流思想感情、交流审美认识的一种文化，那么你的对苹果一丝不苟的刻画，你那只为在画面上制造空间而对颜色的科学区分，只不过是艺术的一个枝节问题。你要和人类进行这种交流，必得宏观些看艺术。当你把眼光从颜色关系、解剖关系、笔触、肌理移开，移向中国古代壁画，移向古代石雕，哪怕移到你眼前作为民间艺术而收藏的几个青花碗盘，你才会觉得你以前心胸的狭窄之处。西方造型中的经典之所以称作经典，也是因了它引导着你去宏观地注意它的整体，让你忘却那些枝节，或笔触，或肌理，或颜色的深浅，还有云山雾罩的张力。

再不懂时我们就去看看米勒，看看马蒂斯。黄宾虹也是能引导你去注意艺术整体的一位大师。这时也许你又有些兴奋了，这是为艺术，不是只为那些雕虫小技。

然而我仍主张年轻朋友去脚踏实地明明白白地掌握些科学的造型手段，不要一味地去藐视基本练习，或者把基本练习和创作的概念"掺和"起来对付。要懂得为了画出一个主观苹果，必得应该会刻画一个客观的苹果。因为，一只苹果自有它不同于梨的结构、颜色和质地。我们反对的不只是为能刻画出一个客观的苹果而兴奋，甚至沾沾自喜。更反对再去舍弃一个客观苹果去寻求苹果的主观。

我受过属于苏联写实主义的束缚，也尝到过苏联写实主义的甜头。它使造型艺术看得见摸得着了。于是，面对造型艺术，你不再惶惑，你踏实过，哪怕是暂时的。但写实主义的弱点却在于它看得见摸得着的局限性，乃至表面酷似的"虚假"。为使艺术家灵活自由的感悟作为描写对象的真实，我非常赞成学生在画习作时弄出些"错误"来，然后沿着这条错误将错就错地开掘下去，这无疑正中写实主义基础教育中的时弊。但这样做的结果又将面临一个新难题：谁去发现"错"呢？换言之，作者怎么才能发现这个"错"呢？因为发现错无疑是这理论的一个核心。年轻人是非常自信的，当他正在错着时，他却执拗地认为他是对的，而当他在对着时他却怀疑他错了。因此，这又成一件无头公案，艺术不又缺乏标准了吗？

由此看来，自觉地去发现自己的"错"，必得先有自觉的"对"做基础，基本训练的目的应该是对于"对"和"错"的循环认识过程。认识当然包括了无休止的实践。我看毕加索的"错误"就是因了他曾经有过正确。他后半生舍去"正确"去经营"错误"，只是为了把对象表达得更本质，更便于和观众做这种感情交流。这对于毕加索是再合适不过的。从这个意义上讲，每个艺术家只能是个别现象。忽视艺术家主观的差异，人为地把一群本是主观的人纳入一个"错"的客观，"错"势必又变成了对。

但艺术和客观对象相比，归根结底是要弄出些反常的。一次我按照严格的写实主义去写生，我自以为画得非常精确了，一个乡间孩子站在我身后说："画得一点儿也不好。"我说："怎么不好？"他说："你画的树和真树不一样。"我说："怎么不一样？"他说："你的树叶太大也太少。"树叶太大也太少当然是一个错误了，但我实在无法画够一树树叶。我的错误是被一个乡间孩子发现的。那时我却以为是对的。许多年后，我又写生：凝重的山前有两棵嫩绿的桦树，我快速地画着，只用黑白，树像两团乱线。也是一个乡间孩子指着我的速写本说："这张最好。"我说："怎么好？"他说："这张最像。"原来我这次的"正确"也是被一个孩子发现的。我的兴奋点和这孩子的兴奋点汇合了。这就是艺术能和人的感情交流的一个活证吧。尽管能和你展开交流的人是那样少。在这方面任何艺术家也不必有任何过多的奢望。

　　我非常崇尚"经营"这个词。也许它最早出现于谢赫的"六法"。虽然他只讲了经营位置，但经营还是意味着你已经有了一个明白的头脑，或正确，或错误。经营意味着你懂得了描写的主动。唯有经营才是真正地营造自己。我想，林风眠便是国人艺术家中的经营大师。他的兴奋点不在于他有过早期那幅有着表现主义倾向的油画《愤怒》，在于他懂得了对于自己内心的经营到绘画形式的经营。于是林风眠兴奋得才有点踏实了，画《愤怒》时的兴奋也消失了。于是他认准一种形式一画许多年，林风眠才成了一个个别现象。

关于艺术（也包括学艺术）的种种说法毕竟都是一家之言。只有一点应该是共同的：便是它符合美学标准的欣赏价值。

1987年春于保定

1988年发于《文论报》

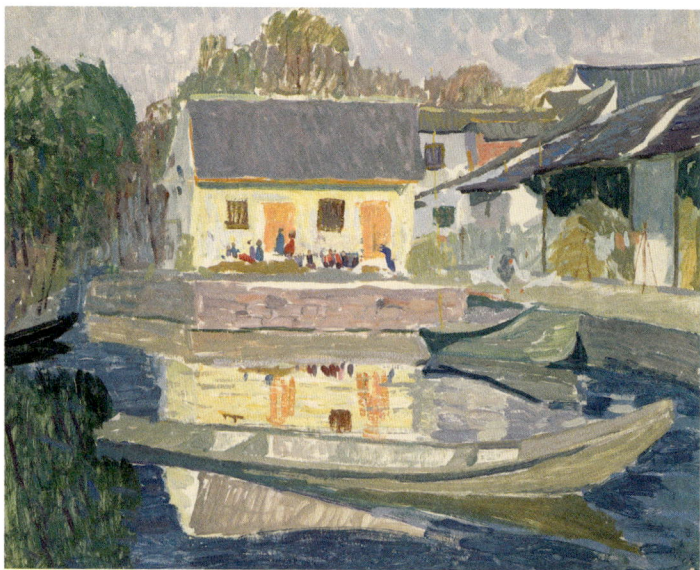

空船　水粉画　54cm×79cm　1978年

往事今事　长话短说

—— 我与《文艺报》

　　那年我十五岁，从被称作革命摇篮的"华大"来到当时的省会保定，正式进入文艺圈。我报到的单位是河北省文工团。这个新建单位，是由原来的冀中、冀南、冀东几个文艺团体合并而成，被安排在保定大纪家胡同一个老商号的下处内。这个老商号的下处由几个院子组成，院子套院子的形式竟然满足了两三百人的工作和居住。我被分配在一个院子的一间屋子内，这屋子和当地民房没什么两样，一明两暗，方形窗棂的窗户，屋内还有一盘炕，炕上睡人，炕下"办公"。炕下四边不靠地摆着一张三屉桌，桌上散落着几本书籍和杂志，杂志中有一本叫《文艺报》。这是《文艺报》的第1卷第1期：16开本，淡黄色民间剪纸图案做底的封面，左面竖排着三个红色大字"文艺报"。同志们常坐在桌前翻看，我看到它时已被翻动得成了旧书。

我进入"神秘"的文艺圈，已经是个"一不小心"，专业文艺圈之于我本来就是一个神秘王国。先前，我看过有出叫《白毛女》的歌剧，现在这些演"白毛女"的人就在你眼前，那位就是"喜儿"，那位就是"黄世仁"……在"华大"时，我们也演过一出小歌剧，剧本上印着作者和曲作者的名字，现在这两个人就和你一同排队打饭。那时我觉得能用铅字印在书报上的都是大人物，原来我所在的神秘王国是如此地使人眼花缭乱。

我坐在办公桌前也翻看这本《文艺报》，原来这才是一个更高级的"王"的世界。这里用铅字显现的人物可不同于和我朝夕相处的那些喜儿、黄世仁，他们是茅盾、胡风一级的大人物。原来这些文艺大家、著名演员也不再距我千里之外，他们的高论正直接引导着我去认识我所从事的事业——文艺，我也"神圣"了。

后来在单位资料室翻看《文艺报》成了习惯。我从这里得知丁玲和周立波得了斯大林文学奖，巴金在朝鲜见到了彭德怀，常香玉为抗美援朝捐了一架飞机，苏联作家爱伦堡来了……借助这一本本杂志，你不仅可以"听到"一些名人的"声音"，了解他们的文艺主张，有时，你还可以借助照片看到他们的模样：茅盾蓄着新中国成立后已不多见的上髭，丁玲披着大花丝巾（俄罗斯的吧）灿烂地笑着，胡风是一位谢顶总显与众不同的中年人，郭沫若、周扬、郑振铎、陈企霞、刘白羽、王朝闻……由于经历不同，各自的气质也不同。有时从中还可以了解到那些"不在位"但名声更显赫的大家的足迹：齐白石、徐悲鸿、马思聪、俞平伯、吴作人、欧阳予倩……

有位叫冯法祀的油画家后来竟成了我的油画老师。在我的印象中，那时的《文艺报》好像总处于政治运动的风口浪尖，它的编辑部也在不停地更换"主官"，差不多两年一换，有时一年。于是作为年轻文艺工作者的我们，似乎就在《文艺报》领导更换的同时也被卷入一场场运动的旋涡。那时由于自己的"政治""文艺"修养浅薄，常陷于运动的迷雾中。有两位年轻作者刚对俞平伯"红楼梦研究"提出质疑，就引出了一场文艺整风。电影《武训传》《清宫秘史》受批判了，我们也必得坐在那张办公桌前守着几本《文艺报》作自我批判。你说你处于迷雾中，不行。你眼前不是有《文艺报》作引导吗？于是你便找到了你那问题的根源。1951年，全国文联通过《文艺报》就向文艺工作者发出过通知，开宗明义指出"在文艺界整风运动期间，《文艺报》为指导这一运动的主要刊物"。

随着文艺整风的深入，我也开始寻找自己的问题。庆祝新中国成立一周年时，领导分配我去画作为游行用的毛主席巨幅画像。当时，参与者共三人。工作开始后，我却被分配去调颜色和只画领袖的领子和扣子。我要求画脸，主画者请示领导后，领导不同意，说我不会带着阶级感情画领袖，怕走了样。我快快不乐地只画了一个领子和两个扣子，便表现出对领导的不满。开会时有人提出了我的表现，我才开始认识这一问题，因为我出身不好，阶级感情不纯，很容易把领袖画走了样。我作了检讨。

那时我做舞台美术工作，有时帮助灯光组开灯。一次我开错了灯，把红光打在了"蒋介石"身上，蒋身上本应该打属于阴冷色调的蓝光，那束红光应属于英雄和领袖的。这次的问题严重，于是我便主动地作为重点人供大家批判。开会时，一位同志信手从桌上拿起一本《文艺报》，拍打着说："你也整天看《文艺报》……立场哪去了?"我虚心地接受着批判，接受着《文艺报》上的精神。

1955年至1960年，我是中央戏剧学院的本科生。在中戏的大资料室里翻看《文艺报》，仍然是我的习惯。这五年随着我国政治生活的大起大落,《文艺报》对自己的把握也显得慌忙不迭，时而欢腾雀跃，时而低沉忙乱，有时还会处于被动挨打的状态。一时间，各派势力的刀光剑影，也都可散见于《文艺报》上：丁玲、陈企霞倒了，冯雪峰、艾青倒了，丁玲、王实味、萧军在延安时的老账该清算了，胡风已是一只"死老虎"。有人虽然没有倒，但也常处于摇摇欲坠的境地。谁主张要写中间人物了，谁提出现实主义道路广阔论了……

直到再后来对文艺作品更广泛深入的清点，也像是开始于《文艺报》：从对电影《林家铺子》的批判，到对《海瑞罢官》的大批判。自此《文艺报》像是一只断了线的风筝消逝了。刊停人散十二年吧。

在"十年动乱"中，只在我遇到那些曾在《文艺报》上显现过模样的人时，也才想起当年的《文艺报》。1968年，我在"五七"干校遇到和我一起劳动的田间和梁斌。他二人抬着一只大筐，筐里是盖房用的石灰。二人头上都包着羊肚手巾，手巾上脸上都沾满石灰。当时我们在为自己盖房，我是个收砖收石灰的，他们是运石灰的。看到他们二人蹒跚着来交石灰，不由得想起田间在《文艺报》上的豪言壮语"让风暴更大些"，梁斌的"平地一声雷"（《红旗谱》语）。那些风声和雷声，此时就像飘浮在"五七"干校这个前不着村后不着店的旷野上空。

十二年没有见到《文艺报》，再见到它已是十二年之后，那时我从干校回到旧时的省城保定。一次在天华市场闲逛，看到一个旧书摊上摆着一摞旧《文艺报》，大约有几十本吧。我拿起一本看看，封面上有原书主的签名，主人叫夏昊，名字以下还恭恭敬敬地落着名章。每本杂志不卷边，不折角，保存完好。夏昊是谁，我很熟，先前在文工团做演员，是南方人，因为能写，被调到省文联的刊物做编辑。因为能写，1957年"大鸣大放"时，写了一篇叫《并非一切都是七级》的杂文，说的是有位剧团领导，级别虽属文艺七级，但文艺水平实在不够七级，且充满指挥欲，还闹出过不少笑话，比如把五线谱叫有线谱，把简谱叫无线谱，在总结会上说："我们的乐队也有进步嘛，过去演奏用无线谱，现在用有线谱。"有位演员要演一位高层领导，去问这个团长到哪里去体验生活，团长说："就体验我吧。"夏昊的杂文内容真实，这个团长也就是只让我画扣子的那位。但杂文的发表，使夏昊以污蔑党对文艺的领导为罪名被定为"极右派"，下放劳改，很晚才摘帽回城。卖《文艺报》是他的生活所迫而为吧。我翻动着夏昊这摞珍藏的旧刊物，决定将它买回。但自己现钱不够，便急忙骑自行车回家取钱，回来后摊主收摊了。后来几次寻找，终未得见。我和旧《文艺报》的"交往"历史，随着这次的买书事件也就结束了。

停刊十几年后，新《文艺报》随着新时期到来终于复刊了。

到书刊报亭买《文艺报》仍然是我的习惯。一次一不小心，我在一本《文艺报》中发现了铁凝的名字，她的一个中篇小说获"鲁奖"了，那是1984年的事，这又是我和《文艺报》不寻常缘分的开始吧。之后随着铁凝的名字在《文艺报》上的出现，突然间我和《文艺报》的关系更直接起来，竟然见到编报的"真人"了。

那几年，新时期的文学界格外热闹，读者百姓们对作家们也格外看重，由此带来的是出版业和报刊业的大繁荣，一时间在家中接待找铁凝的约稿者竟成了我生活的一部分。在接待事务中，我的任务有三项：接站、做饭、买烧鸡。骑自行车去接站，让客人坐在后座架上 …… 许多客人都夸过我做饭的手艺，有位女编辑说我炒的洋白菜颜色漂亮得像"塑料"一般。客人离开时送只烧鸡，也算是一片心意。在我们所处的城市保定，拿得出手的礼品大约也只有马家老鸡铺的烧鸡了。一次吴泰昌来了，当时他是《文艺报》的副主编。接完站、吃完饭（那次还买了保定自产的散啤酒），去买烧鸡。

泰昌要和我一起逛保定，但走在街上，一不小心他把脚崴了，且崴得不轻。回京后打电话时还说："铁扬啊，肿得穿……穿不上鞋了。"泰昌快人快语，性情随和，说话稍有口吃。我们年龄相仿，相互都直呼其名，那次他的脚崴得不轻，许久才痊愈。

我自己在《文艺报》的"亮相"是1999年。那年是《文艺报》五十周年华诞，报社编了一本大型纪念画册，其中要收录一些与刊物有各种性质联系的人物。在一个栏目内，我便作为"家属"和铁凝一同出现。看到自己的形象，感慨万千，原来《文艺报》把我也当自家人了。

或许因了我和《文艺报》这些千丝万缕的故事，在我所敬重的大型文学刊物中，《文艺报》在我脑海中始终是凸显着的。2000年以后，作画之余，我陆陆续续写了点散文，寄谁呢，首先想到的还是《文艺报》。那时它开辟了一个"新作品"版。我把一篇叫《缅怀纯洁》的散文寄了出去。蹊跷的是，很快它的主持人就打来了电话，说："铁叔，散文收到了，我们准备用。"还夸了我那点文字。原来这位主持人不是别人，是冯秋子。她呀，我接过站，吃过我做的饭，好像也为她买过烧鸡。那时她尚在作家出版社。自此我和《文艺报》的交往，又是一个新的开始，为我后来的写作也带来了勇气。

后来冯秋子走了，走后仍关心着我的写作以及我和《文艺报》关系的延续。于是我便又得到新的编辑、记者的呵护和关心。连我在美术界的活动，也得到关注。很具专业的名编辑、名记者每次都义不容辞地出现在我的艺术活动中。接受赠寄报纸也一直在继续，每每接到报纸，我都郑重其事地翻看每个栏目的文字，说不定还能找到自己的。最近我在云南认识了普米族诗人鲁若迪基，在路上急就了一篇《巧遇鲁若迪基》的散文，寄给了《文艺报》。几天后鲁若迪基先看到报纸，打电话告诉我说，他看到了文章，还说他高兴得喝了三天三夜的酒，说了一些那篇文章的好话，就拐到了《文艺报》上，说："《文艺报》那可是大报啊……"

大报《文艺报》风雨兼程地走过了它的六十五个年头，它"平民"了，亲切了。围绕文艺这个难以纠缠的现实，在这里你可以尽抒己见。总有明白人的真知灼见，使你的认识更接近于文艺。

2014年大暑

发于2014年9月22日《文艺报》

孙犁《铁木前传》与画家张德育

　　我多次面对媒体或朋友说，我的第一志愿并不是艺术，而是做一名交响乐队指挥，第二是作家，之后才是画家。这个莫名的摸不着头脑的幻想，来源于我的母校"中戏"。中戏是中央戏剧学院的简称。我出身村野少见识，自幼除家庭给予我那点"学问"和知识外，无其他见识。但母校中戏，不仅给了我艺术的方方面面，还成就了我一个杂家的基础，其中最重要的一项就是对文学的热衷。母校的"名著选读"课，先生对此的苛刻要求，使我常常游历于那些名著之中，但眼前的人物大多是洋人：大卫·科波菲尔、聂赫留朵夫、玛丝洛娃、苔丝、格里高里和阿克西妮娅们……面对自己民族的认知，除几本古典名著外，当代作家的那些对一个激情时代的激励的描写并没有给我留下真切的印象，他们言语近似，与文学本身产生着距离。

无独有偶，孙犁先生《铁木前传》的问世，打破了我对当代文学的认知偏见。一群近在身边的中国人耀眼登场，它准确严谨地表现了一个民族在一个特定历史时期的生存状态。他们的出现使我脑中的大卫·科波菲尔们一时离我远去。

在此之前我曾读过孙犁先生描写水乡白洋淀的系列作品，那时我就觉得在描写战争年代的作品中，它们已经别开生面、独树一帜了。这在于我们从他的作品中看到了战争中一群真实的人，尤其战争中那些女人和她们的真实心思。她们朴实爱国、主张亲人们奔赴前线、同仇敌忾，但她们也有人类共有的那些细微的、细微到不为人知的情愫。如《荷花淀》中对水生和他的女人的描写：年轻的水生要告别年轻的妻子奔赴前线找大部队去。正在织席的妻子，没有豪言壮语式的表态，一时间出现的是女人那种特有的难以言表的、私密的内心颤动。年轻的妻子面对即将离家的年轻丈夫，孙犁只写道："女人的手指震动了一下，像是叫苇眉子划破了手，她把一个手指放在嘴里吮了一下。"[1]

---

[1] 苇眉子，织席所用破开的芦苇秸秆。白洋淀多芦苇，用芦苇织席是当地女人的家常。

这个独特的、出其不意的描写成就了孙犁的文学主张。几个出其不意、合乎逻辑的细节描写是可以把一位作家送进文学大家的行列的。如鲁迅对细节的慎重选择和出其不意的描写。

当然孙犁先生和我出其不意的沟通，还在于少年时相同的生活经历。他在《铁木前传》开篇时写道：在人们的童年里，什么事物留下的印象最深刻？如果是在农村里长大的，那时候，物质生活是穷苦的，文化生活是贫乏的，几年的时间，才能看到一次大戏，一年中间，也许听不到一次到村里来卖艺的锣鼓声音。于是，除去村外的田野、坟堆、破窑和柳杆子地，孩子们就没有多少可以留恋的地方了。

童年时代的我身边也不乏田野、坟堆、破窑和柳杆子地。

一本薄薄的《铁木前传》，给我打开了另一扇文学大门，我有过一本，书中还带有精美的插图，插图的作者是我的朋友张德育，但当时我并不认识张德育，只知道他在中央美院毕业后供职于天津百花文艺出版社，画一手兼工带写的水墨画。一幅名为《岭南风》的作品问世后，曾在美术界引起过一阵轰动，好像还在国外获过一个什么奖。后来便是《铁木前传》的插图，那是"文革"之前的事儿，"文革"之后，德育由于种种原因有意离开天津。经朋友介绍想来保定，当时我也住在保定，我们的认识和后来的交往就开始于此。但德育的意向因故并没有实现，只留下我们之间的友谊和对于艺术、生活和时代一些散漫的话题。当然还是艺术多于其他。当时我尚是一名刚入门不久的艺术青年，而德育早已蜚声艺坛了。在谈话中，我常直截了当地问到他自认为满意的作品，他思考片刻，非常慎重和郑重地说："《铁木前传》吧，《铁木前传》中的小满儿吧。"

他却不提他的被称作代表作的《岭南风》。《铁木前传》中的小满儿是孙犁笔下一个神秘莫测的年轻女子，作者在描写她时，显然带着十分复杂的混合感情，她年轻坦荡不满于眼前的现实，常带着几分热烈狡黠使人难以捉摸的性情，于人与事大都如此，由此也招来几分不雅的名声。插图的细节是这样的：一位下乡了解民情的干部住在她家，小满儿深夜来到干部所住房间。

孙犁写道：

　　当时干部利用小桌和油灯，在本子上记了些什么。他正要安排着睡觉，小满儿没有一点儿响动地来到屋里。她头上箍着一块新花毛巾，一朵大牡丹花正罩在她的前额上。在灯光下，她的脸色有些苍白，她好像很疲乏，靠着隔山墙坐在炕沿上，笑着说：

"同志，倒给我一碗水。"

"这样晚，你还没有睡？"干部倒了一大碗水递过去说。

"没有。"小满儿笑着说，"我想问问你，你是做什么工作的？是领导生产的吗？"

"我是来了解人的。"干部说。

"这很新鲜。"小满儿笑着说，"领导生产的干部，到村里来，整年价像走马灯一样。他们只看谷子和麦子的产量，你要看些什么呢？"

干部笑了笑没有讲话。他望着这位青年女人，在这样夜深人静，男女相处，普通人会引为重大嫌疑的时候，她的脸上的表情是纯洁的，眼睛是天真的，在她的身上看不出一点儿邪恶。他想：了解一个人是困难的，至少现在，他就不能完全猜出这位女人的心情。

干部猜不出这女人的心思，也给读者留下了一个难题。

张德育准确生动，以传神手段描写了此时此刻一个手端大碗直视着那位干部，目光单纯、犀利、天真而狡黠的小满儿。德育对作品是满意的，后来他带着这幅插图到孙犁家请孙犁过目。孙犁见图兴奋地招呼出他的老伴，然后两人同时问张德育："你见过小满儿?"张德育告诉孙犁，他见过"小满儿"。其实德育虽也出身农村，但他是山东人，为寻找小满儿，他曾深入冀中腹地，去寻找孙犁和自己心中的"小满儿"。小满儿终于在他心中诞生了。

孙犁意外地和他书中的人物"相遇"了。

一次诗人伊蕾女士邀我去天津参观她所经营的喀秋莎美术馆。那时的伊蕾刚从俄罗斯归国，收藏了不少俄罗斯和苏联艺术家的作品，之后陈列于她在天津开设的美术馆中。那天我也邀了张德育，其间问到他带插图去见孙犁时的情景。德育说就是那样。还说因为孙犁的老伴也是冀中乡下人，才想到同他老伴一起对"小满儿"的认可。

就像孙犁塑造了一个小满儿的原型，而张德育使小满儿的形象更加真切了。小满儿活了。

造型准确具有艺术价值的插图，可使一个文学人物形象的无限变得有限。就像苏联画家韦列伊斯基为肖洛霍夫的《静静的顿河》所作的插图。当著名导演格拉西莫夫把作品拍成电影物色演员时，他是一手举着韦列伊斯基的插图去寻找演员的。拙劣的插图是对人物的破坏，也是对作品的破坏吧。在文学和书籍的汪洋大海中是不乏拙劣的插图的。

张德育对小满儿的成全，使孙犁对张德育也念念不忘了。

二十世纪七十年代（在那个"十年动乱"之后）我因事去天津顺便拜访我的一位老乡李立，抗战时李立是我们那里抗日政府区长，常住我家，现在天津日报社做领导。据说他和孙犁住在同院，好像位于马场道一座大房子里。是个初冬的黄昏，我走进这个大院子，见一位老者悠闲地袖手站在屋前，房子虽高大但不似天津那些洋别墅，也不似地道的中式建筑，它有高大的窗棂和木柱，在黄昏中显得很阴森呆板。老人见我进来问："你找谁，找我吗?"他声音浑厚，细听带着冀中腹地的乡音，我猜这便是孙犁先生了。我说我是来看李立同志的。他侧过身朝着大房子的另一边喊道："李立，有人找你。"然后转过身来朝我观察一阵。于是李立从大房子的另一端走过来，呼着我的名字，又把我介绍给孙犁先生说:"赵县老乡,画家,我领导过的儿童团团长。"孙犁接话说:"赵县属冀中六分区。"李立说:"后来的十一分区。"或许是孙犁听到李立对我画家身份的介绍,又朝我端详一阵说:"认识张德育吧?"我说:"认识,很熟。"其实这次我来天津就住在张德育家。

孙犁只哦了一声,向房中走去。这时我才注意到他过早地穿了一身不灰不蓝的旧棉衣。走着拍打着自己的衣服。拍打衣服好像是乡下人的一种习惯。拍打灰尘?或使棉衣变得更加松软。这使我想到,只有下意识拍打自己棉衣的"乡人作家",才能写出鲜活的乡人吧 —— 付老刚、黎老东,还有九儿、六儿和小满儿。

可惜,那天我和与孙犁近在咫尺的李立,只谈了些陈年旧事,再没有话题谈到孙犁。李立只说早已看出我长大后将要落在文艺界,因为他教我唱抗日歌曲时,就发现我声音优于其他同学。还有他也看到过我在家中墙上用木炭画满的戏画 …… 当我谈到《铁木前传》对我文学的启蒙时,李立才说:"那是一部新奇的作品,它永远新奇。"有战争经历又从事文字工作多年的李区长,是懂得文学的。

那天我回到张德育家,问到他插图的下落时,他情绪黯然地大口抽着烟说:"命都难保,还顾得上什么插图,不知去向。"它们毁灭于二十世纪六十年代那场文化浩劫中。德育好一阵沉默。据我所知，当时的德育为插图可是受过一些磨难的，就像孙犁先生也为《铁木前传》受过磨难一样。

告别时德育用桌上简单的笔墨宣纸为我画了一张《采莲图》，但画得散漫，远在《铁木前传》插图之下。

有时我觉得作家、艺术家就像运动员一样，自己有过的高峰，即便是自己也无法超越。

成全孙犁先生为文学大家的，或许就是围绕在小满儿周围那个人群。当然还有水生，还有用苇眉子划破手指的那个年轻媳妇。

2024年12月于工作室

文学就是文学

—— 读冯秋子的一篇散文

那时我认识的冯秋子还是一位初登文坛、任职于出版社的编辑。

那场旷日持久的运动过后，世道刚显出平静和万物复苏，但国人的生存状态还趋于"老派"：男人身上还是系紧五个扣子的中山装，女人穿旁边开口系扣的不肥不瘦的长裤。家里没有洗衣机，十二英寸的电视还属时尚。

冯秋子来了，她是因业内事来我家的，穿着刚时兴起来的牛仔裤和T恤衫，满身学生气，像邻居家来串门的闺女，脸上是一副宁静的善意，能使你想到"悠远"和"谦逊"。她使你相信将要发生的一切都是真实可信的。那时不真实不可信的交往并不少见。后来当然要谈起正事，谈着正事她总还插话要为你家做点什么手头的活儿。没有洗衣机吧，她说，她发现谁正在洗衣服。后来我下厨为她炒菜做饭，她跟进厨房，为我择菜闲聊起来。没有什么好做的，鸡蛋炒饭吧，还做了菠菜汤。

后来我也去过冯秋子的家，北京一个普通的筒子楼。我们席地而坐，天南海北聊着，尽是文学以外的事情。她爱好广泛，从绘画到收藏，乃至音乐舞蹈。我才知道她生于内蒙古草原，是草原的风把她塑造成如此这般的容貌和性格。她还是一位舞者。

冯秋子凭着她深厚的生活积淀，凭着她对文学近距离的接触，凭着她对广阔无垠草原文化的浸染，开始写作了。她以北国故乡为母本，写草原上的风，草原上的歌，草原上的树，草原上的草，草原上的人，草原上的炕和炊烟——我在意地读着她的散文。

她写道："蓝布棉袍罩住了她的身子，她跟菩萨一样坐出一座山，坐出一个宁静。"她写蒙古族妇女。

她写道："一年的时间里，大部分内容，在老人的眼睛里，是一场风。"她写风。

她写道："有多少座山，从这座山开始数，数到车停下不走。"她写山。

她写道："寂静的黑蓝色的夜空下，地下的千古埋藏，从草地和耕种的庄稼地缝隙里传送出去。"她写黑夜。

她写道："她想说的话，尽在歌声里，是不是深刻，有没有人在听，她不去想。"她写唱歌。

她写道："我跳舞因为我悲伤。"她写舞蹈。

……

我读着她这些在灵魂深处铸成再流淌出来的句子，惊叹着，内心受着感动，却没有想到"文学"这件事，只是不停地引我去读。当我读到一篇她写老鼠的散文时才停下来，才想到"文学"。想到文学却又从冯秋子笔下的老鼠群中跳出，想到契诃夫和蒲松龄，想到文学中"选题"和"开掘"这两件事。

作家写作总有两件事要做，一是选题，一是开掘。好的作品都具备选题严和开掘深这两个特征。

选题严：你要描写的生活在你的灵魂中留下了怎样的印迹，是不是刻骨铭心的？假如你没有刻骨铭心的记忆，即使一个欢乐的瞬间、一个瞬间的诙谐，也应该是你独具慧眼的发现。它能引起你描写的欲望。

你有能力驾驭起你要描写的题材。开掘像农民打井，打井要打出水。文学的开掘应该深到符合逻辑的"出其不意"。那已经是智慧的"泉水"。那是文学。契诃夫有篇叫《万卡》的小说，写一个叫万卡的九岁乡下孤儿，被爷爷送进城里跟一个鞋匠当学徒，他面临的尽是不可忍受的苦难：老板不让他吃饱，拿鞋楦打他，老板娘拿鱼头戳他的脸……于是趁老板不在家，他拿来他们的钢笔、墨水和纸，用自己有限的文字能力开始给爷爷写信，他希望爷爷"怜悯这个苦难的孤儿"，把他接回去。信写完，他"学着大人的样子把信折成四折放进一个信封"，只在信封上写了"寄乡下的爷爷收"，偷着跑到街上把信丢进邮筒，便开始了他美好的等待。

契诃夫选取的这个故事本是没有故事的故事，但他努力开掘着。如果他只罗列些万卡的苦难，最后让万卡在信封写上爷爷准确的姓名和地址，也是一篇小说，但这绝不是契诃夫式的小说。契诃夫只让万卡写了"寄乡下的爷爷收"，至此他对题材的开掘才停止下来。万卡的故事变得刻骨铭心了，故事才具有了文学价值。

蒲松龄最懂得选题和开掘的辩证关系。有篇叫《种梨》的故事，写一位贫道士向一位推车卖梨的人讨梨吃，遭卖梨者斥责。于是道士就地捡一梨核，当街种下，霎时，梨核发芽成树，开花结果。果实"硕大芳馥，累累满树"。众人围观惊叹，道人将梨摘下一一送与众人，最后将梨树砍下拖着离去。其间卖梨人也围观称奇，但当他回头再观自己的梨车时，发现梨车已空，筐内百十个梨不见踪影，才想到道士散去的梨原是自己的"货"。更使他吃惊的是，他的车上少去一车把，车把是刚被砍去的。故事至此已经是惊心动魄了，但蒲松龄的开掘并未结束。他写道：卖梨人去追道士，至村口见墙边扔着一个新被砍下的车把。他才想到原来道士砍下的并不是树，是他的车把。于是这个出其不意符合逻辑的开掘才使故事更加惊心动魄，变得"瘆人"了。

冯秋子写老鼠是一个勇敢豪迈之举，她之所以写老鼠，是因为老鼠给过她刻骨铭心的记忆，其中有恐惧、恩惠和一切的喜怒哀乐。她写的是一个老鼠社会，是一个老鼠社会和人类社会那种千丝万缕的关系，她直接和间接地体会过那种关系。小时她被母亲绑在炕上，观察着、亲历着老鼠社会的方方面面，又耳濡目染了一个老鼠社会的结构。原来老鼠的习性也酷似人间：富有的、贫贱的、勤劳的、懒惰的、多事的、安生的、狡黠的、本分的、聪明的、傻的……富老鼠的占有欲和扩张欲，穷老鼠的将就凑合习性。原来人类社会有的规则、弊病、成功、缺憾，老鼠社会都有。

读了冯秋子那些关于老鼠的描写，你会乐不可支，你会恐怖得打战，又是憎恶又是怜悯。

冯秋子的母亲——草原上一位善良勤劳的女性，回忆老鼠时说：现实生活里还是老鼠多于别的。不知道一种东西出奇地多起来意味着什么，人来到这个世界到底应该怎样生活？多起来的老鼠世界一时间变成人的死敌，因为它们要夺取人类所需要的粮食。因此冯秋子写的并不是一本老鼠经，她是通过老鼠和人的行为交织写老鼠和人、人和老鼠争夺粮食的残忍，以此写出一个时代、一个民族的生存状态。

在"三年困难时期"，有几分属于自然、几分属于人为，是难以言表的。但人所蒙受的苦难历史是无法回避的，人被饥饿缠磨的故事各地都有各自的特色。我的故乡是个有三百户人家的小村，当时这个小村有六十余位乡亲死于饥饿。一位本家妹妹对我说，奶奶每天从公共食堂领回两个山药面饼子，自己只吃一个，另一个压在枕头底下，待晚上她哭时掰一块给她吃。

我到一个乡村写生，看见一群村民半卧于村口。饥饿使得他们从日出到日落就这样卧着，实在无力动弹。他们说今天卧着的人明天不知还会有谁……村口墙上却有条醒目的标语：深挖洞，广积粮，不称霸。当时这条被称作"最高指示"的标语处处可见。冯秋子写的就是"深挖洞""广积粮"的故事，但有粮可积的不是人是老鼠。于是受饥饿困扰半死不活的人开始了向老鼠的讨要。

秋子的母亲说："饥荒的时候人口特别少，不知为什么老鼠那么多。"铺天盖地的家鼠偷吃了人的有限的粮食，吃完还向人做幸灾乐祸的挑衅状。他们曾亲眼看到吃饱了肚子的家鼠还坐下来和人对视，有的还会和人面对面地嗑瓜子，老鼠和人就是这样近距离地生存，人有时还会听到老鼠的呼吸。而田鼠——旷野里的黄老鼠正在开始大规模地囤积居奇，它们把人还没有收割的粮食囤于自己"家"中，于是人类无奈，开始了向老鼠的讨要。人们每天步行数十里到生长粮食的旷野、到老鼠的"囤积区"去挖老鼠洞。

原来老鼠的囤积绝不是小打小闹，囤积十斤八斤的洞不足为奇，挖到一个"富户"就会得到百十来斤的粮食。秋子的母亲就曾有过这样的幸运，那时的她——一个被生活折磨得"双腿浮肿、面色苍白"的女人，选准地段，加入了向老鼠讨粮的行列。她把挖得的粮食装入麻袋，有气无力地再步行几十里，将粮食背回家来。

人和老鼠的夺粮征战已是一个惊心动魄的传奇，秋子的"选题"已属"严格"且出人意料，她也有能力驾驭这个充满传奇的题材。但冯秋子的开掘并没有结束，人夺走老鼠的粮食后老鼠当如何呢？秋子写道：万般无奈中老鼠纷纷选择了绝望之路——上吊。

千真万确。"那一年没少吊死老鼠。"秋子说。这是1962年秋末冬日。

老鼠如何吊死自己？秋子写道："原来草原上生长着分权的蒿子秆。老鼠踩一块石头或一截木头爬上离地一尺高的分权处，把头向蒿子秆里一卡，再用两只脚将头抱紧使劲抻自己的头，一直抻到断气为止。""老鼠一死一大片。上吊的老鼠弯曲着身体挂在一根根蒿子秆权上，随风摇摆。"

面对这一世界的死鼠，人也惊慌失措，不敢向前一步，人被老鼠吓破了胆。

"草地里这种悲壮的情景，一直留在我母亲的记忆中，将近几十年后，每当她讲起这段往事，都神不守舍，身上一直打激灵。"秋子说。

至此冯秋子这篇写人类社会和老鼠社会故事的开掘已经是惊心动魄了，已经是文学了。但她并没有到此为止，她还要做更深的符合逻辑的开掘。顺着一眼"井"的框架，她要挖到智慧的"泉水"为止。她努力使它更接近文学。

原来一个民族的演进历程是那么多变和不可捉摸。话说六十年代中期有个叫"四清"的运动，"四清"反的是"四不清"。

"四不清"的"罪名"适用于任何阶层的任何人。冯秋子的父亲 —— 一位在内蒙古草原征战过的旗领导干部，因为沾上了"四不清"的嫌疑，遭到斗争和批判。罪名是"多吃多占"，因为他占了老鼠的粮。他吃过他的妻子 —— 秋子的母亲向老鼠讨回来的粮食。多吃多占问题有多大，说多大有多大，那时的一切都联系着阶级斗争，有批判者面对他说："占了老鼠的粮也不行，饿死是没有办法的，既然全国人民都没办法，你老婆怎么会有办法？"

交代问题要有根源，要把自己置身于一场政治运动中。那时每场运动都有既定目标，其目标要联系到一些具体人。

冯秋子写道："对父亲来说，这是一次非常规的经历……面对老鼠决绝的自杀，他沉默着。"他的沉默也是面对他的"罪过"吧。

当事人只有沉默。我常和域外的对文学艺术内行的朋友聊天，他们都希望从我们的文学艺术作品中看到我们这个民族的生存状态（当然，这个生存状态应该具有时代特征），但它应该是独属于我们这个民族的。这就是文学和艺术描写的目的。于是文学就有了选题严、开掘深之说。

文学就是文学，不是别的。然而，弄文学和艺术的人，为了把你所驾驭的题材"开掘"深，就要先有"开掘"自己的精神，把自己"开掘"到最大可能。

这是文学和艺术本身对作家和艺术家残酷而苛刻的考验。

冯秋子说：于是我一点点打开自己，在肢体和灵魂修习中，一点点寻找人原本的意义、存活的意义。她写的虽是她的舞蹈，对文学的思维而言，何尝不是这样。

她说，世界上有一种哭泣，不是为着艰难、痛苦、哀戚，仅仅是你看见了你吟唱的万物。

她说，那时节草原行进的只有嬷嬷的歌，万物祥和、静谧。嬷嬷回过头来，看望我们，我们才知道有自己的呼吸。

对草原热烈的冷静，对草原热爱到心痛，对草原敬仰成宗教情怀，让嬷嬷回过头也听到自己的呼吸，冯秋子才有了开掘自己的勇气、乐趣和气度。她身上好像有一个草原气场，她发现是那个难以理解的时代，给了老鼠和人相互的残忍，才使草原失去了宗教圣殿般的和谐、空灵和宁静，这才是冯秋子要诉说的，这就是一个民族的生存状态。

冯秋子凭着自己一颗面对草原大慈大悲的心才开始了她的选题和开掘。她怀念草原上那种不论走多远也能听见嬷嬷们诉说式的歌声。草原人对这种生存状态的希冀，才是永远的刻骨铭心。

2017年10月30日

发于《北京文学》2018年第5期

童年的启示

——1991年《铁扬画集》后记

少年时我在冀中农村。离艺术很远，却又受着两种艺术形式的熏陶：春节，我登上雪堆看灯方，灯方上有狸猫换太子，有古城会，郭怀和张飞的名字都写在人物头上。郭怀的头有点大，目光有点斜，张飞的一条腿高高抬起。很晚，我才知道这是武强年画的一种。村中有所主日校，逢礼拜有外籍牧师来教孩子和大人背诵"金句"。金句是《圣经》上的一两句话，印在巴掌大的一片有光纸上。另一面是图画——《圣经》故事。图画印得精美，连人物的衣纹都明晰可见。我以为是按真人照下来的照片。很晚我才知道，有些画竟是出自艺术大师之手。

灯方和宗教画尽可能引你去展开联想，引你尽情去喜怒哀乐，这喜怒哀乐却大都在画面之外。我想，造型艺术的功能或许就在此吧。它夹带着魔力把你引出画面，使你不可自制地去追赶捕捉生命中那些模糊的、清晰可见的无中生有。于是我想象着，画们是怎样被人画出的。

十五岁时，我在解放区一所"大学"学社会科学，星期天坐在村边池塘画水中的鸭子，背后有一个声音说：你的鸭子画大了，照你的画法一个池塘才能容下几只鸭子？我在心里把鸭子重新排列一下，如梦初醒，便认真起眼前的事，鸭子和周围的一切开始被我"准确"地安排在纸上。这件事很使我永志不忘。

后来在大学里学绘画，我常用"鸭子"的道理去揣度、审视眼前的一切：人的五官、四肢、躯干，自然界的山川树木。我把一切排列得合情合理，却又觉得枯燥起来，难道这些合情合理的排列组合，便是艺术的全部？我那画外的联想都哪里去了？为什么我不常想想我那脚下的雪堆，头上的灯方，耶稣和门徒之间那永远也揣摩不透的交流？

原来，艺术奉献给人们的并不是对自然界不差分毫的归纳、再现，而是一份心智的自由。你那喜怒哀乐的萌生，便是艺术和你、你和艺术之间天真无邪的交流。这天真使你忘却了郭怀有几头高，张飞的腿和胯骨的失调。据说像拉斐尔那样写实的画家，在对人的大臂和小臂的连接上也常出现错误。却原来，艺术对人的感染，仅是借助一下你的描写对象而已，或风景静物，或人的身体、飞禽走兽。这借助过程是你先读者（或观众）一步的联想过程。技法是什么有时就显得那样微不足道，比例也就变作相对而言，难道池塘里的鸭子只能如数排列。我要是只画一只鸭子的速写呢？

但是，艺术家之所以称为艺术家，毕竟要先去掌握作画的规律的，这不仅包括了鸭子和池塘的比例，还包括了用眼睛去感觉人体上那些几乎无法认识的弧线以及人的指尖到手背之间那些常人所忽略了的颜色变化。然而，这种掌握又实在是为了未来的舍弃，这便是艺术家返璞归真的道理吧。

我对祖国的名山大川涉足很少，画中所及大多是我久居的城市保定一带。这里有山川、湖泊、平原。有时山上的花像簇簇火炬，待到无花时，山险峻得使你肃然起敬。无风时，白洋淀的水像一面镜子，有风时，平原的天地是一片迷离。我愿描写我所熟悉的一切，这便是我对第二故乡的奉献。对于在我的艺术活动中，给过我热情支持的保定地区人民和朋友们，我永远怀有感激之情。

有一句听惯了的老话叫作：更新更美的 …… 我愿继续把它作为新鲜去听。

1991年5月

"河里没规矩"

画家与模特儿

画家与模特儿

　　画家要再现一个瞬间，要画出一个人物在一定规定情境中的动作或行为，大都要使用模特儿。艺术史上，艺术家与模特儿之间也留下过不少传奇和佳话，或喜或悲，如波纳尔与玛特、罗丹与克洛代尔、马约尔与季娜。似乎是

[法] 马约尔 地中海 雕塑

模特儿成就了他们的事业，马约尔的代表作《地中海》，波纳尔的《男人和女人》，罗丹那些或飞扬着的，或在安稳中激动着的人体，都是有模特儿做参照的。

我当学生学艺术时接触模特儿大多是在教室中，先生将模特儿摆好一个姿势，让你面对这姿势，面对这具体的对象去研究人的解剖和画面的构图，或通过他们研究色彩在人体上那些微妙的变化。这类模特儿应该属于摆放着的静物，连模特儿自己因处于一个摆设的地位，常显出疲惫和麻木。几个小时过去后，等待他们的是昏昏欲睡，当然学子们从他们身上也收获过属于绘画技术

[法] 罗丹 达娜伊德 雕塑

的一些方方面面。

我接触与艺术创造有关、与实现一个构思时才需要模特儿的事儿，还是在我毕业数年之后。

那时我正迷恋着冀西山区的一些山山水水和乡间故事，并专心致志地或用绘画形式，或用文字体现出来。如那个与艺术有关的"河里没规矩"的故事，那是女孩们在大暑天无拘无束地恣肆着自己。下河前她们要在河边的玉米地里把自己脱光，奔跑着，迫不及待地跑入一条叫拒马河的河水中。我目睹过那个瞬间，女孩们明丽健康的身体和玉米秸秆形成的闪烁瞬间的大美画面，那时你忽然觉得，眼前出现的那些闪烁的瞬间，似乎使大自然更加和谐完美了。后来我甚至感到，玉米地中少了女孩的跑动好像缺少了什么，大自然显得也不完整了。为了完成这一构思，我曾让一位乡间友人请来一个乡间女孩作为下河者。我们一同来到临河的玉米地前，请她按我的要求和顺序再现那个下河的过程。这是个腼腆但听话的女孩，她愿意配合我的要求，一步步地去完成我所要求的下河过程。她站在玉米地前犹豫一阵后，还是脱掉了自己的衣服，站在我面前，显出一阵不知所措。这是一个中等身高，肌体筋道，麦粒色皮肤，性格不事飞扬的女孩。有这样一个女孩站在你面前，作为画家的我倒显出几分难为情了，显然我是难为了她的。身后那位为我寻找模特儿的朋友插话对我说："说吧，她会听你的，是个好孩子。"这时我才开始像一位专业导演一样为她"说戏"了。

我对她说："你看你身后就是拒马河，你下过河吗?"她说："没有。"

我说："你听说过'河里没规矩'的事吗?"

她说："听是听说过。"

我说："现在咱们演的就是'河里没规矩'。你下一次

画家与模特儿
（摄影）

河，从玉米地里走过去。"

她说："我走过去?"

我说："对，你走过去，从玉米地里。"

她说："叶子太扎了。"

我说："人家下河都这样走。"

她说："你见过?"

我说："我见过，在山那边。"女孩的一双眼睛朝我直视着，显出几分怯弱和为难，但还是转过身朝玉米地走去。她小心翼翼地扒开玉米叶子，一步步朝前走，可不似真的下河者那么自然那么无所顾忌，但她还是走过去，下了河，又走了回来。当然，一切距我的想象甚远。

我想，画家面对模特儿是幸事，但模特儿做到的实在有限，艺术作品体现出来的一切，还是靠了艺术家的想象，艺术形象是多了艺术家的见解的。马约尔、波纳尔、罗丹，他们手下的艺术形象都是靠了他们的见解而转换出的。于是他们的那些传世大作，已不再是克洛代尔、玛特和季娜。

但模特儿的作用毕竟是不可缺少的。也许在他们的形象或姿态中，你发现的只是一些看似微不足道的细节，是细节成全了你完整的构思。我对"炕""红柜"和"玉米地"等题材酝酿出现，就是靠了对一些细节的发现。一次我在

农村写生住在农民家，中午回来，偶然看到年轻的女主人，赤着臀在房屋中劳作，她面前是黝黑的房间和房中

炕上的女孩（摄影）

的那张红柜。一缕阳光恰好照在她的臀部和背以上的"曲线"上，我记下了这一瞬间。是那受阳光照耀的曲线细节，决定了这幅画的构图和意境，身边的红柜倒成了画面的背景。《炕——剪趾甲》的诞生，我发现的是一位坐在炕上的女孩一伸一屈的脚，才有了"剪趾甲"的主题。至于《玉米地——下河者》的入画，是人体和玉米地交织闪动的瞬间，那时，裸体女孩和大片茂盛的玉米地倒成了主题的陪衬。

文学作品缺了细节就变成一个只有概念的故事框架。同样，造型艺术缺少了细节，就变成了"人云亦云"、没滋没味的"大路货"。

2021年5月于铁扬美术馆工作室

梳妆的女人（速写）

馒头是文化

一个馒头能满足你的欲望。

一个馒头能点亮一个世界。

馒头是念想。

馒头是文化。

一

小时候盼馒头，一年之中馒头在眼前只出现两次，麦收了，家人总是把未晒干的麦粒，碾压成粗面，不干的麦粒不能上磨，难成细面。用上年的老酵母发成面团，做成馒头，用大火蒸熟。馒头出锅了，你捧起它，只觉得日子怎么这么美好，鸡狗也叫了，鸟也叫了，它们的鸣叫也许不是为了你手中的馒头，但你觉得是，不然一年的美好从哪里来？

要过年了，陈放了半年舍不得吃的麦子，也陈干了，上磨磨成细面，细面蒸出的馒头，比粗面更暄更白更温柔。腊月二十九蒸馒头，吃要等到初一，初一这天，大人把又暄又白的馒头递给你一个，细白的馒头正好配你身上的新棉袄，配门上的新春联。于是你便觉出这棉袄更新了，春联更亮了，若不是你手里的馒头，新棉袄新春联就成了惯例，新不新的吧。于是一切的新鲜都笼罩着你，都只为你手中有一个细白的馒头。

然后又是一个漫长的等待，等待来年的麦收，等待来年的岁末，你觉得日子长得难熬。

二

你长大了，等馒头再不需一年半载，只需一周的七天，那时我在解放区一所"大学"学习政治，一周的六天吃小米干饭萝卜汤，只在周日吃馒头配豆腐。这天，一屉屉馒头被抬到厨房门前空地，我们一个百十号人的班级，守着热气腾腾的笼屉，排起纵队，开始唱歌，向着笼屉致意。唱什么，唱"解放区的天是明朗的天"，唱"什么花开朝太阳"，唱"军民合作打老蒋"，大家唱着歌，心向眼前的一片雪白。作为学员的我们，不只是朝着馒头唱歌，朝着小米干饭萝卜汤也要唱，每次要唱三首，与往日不同的是现在唱歌唱得更响、唱得更具激情。大家还用手中的筷子敲响手中的碗做伴奏，唱完三首我们便冲向笼屉，用筷子去穿馒头，一个两个三个……任你盘算，然后蹲在一个什么地方，狼吞虎咽地咬起来，于是你的期盼你的欲望满足了，这预示着当明天来临，哪位领导的报告也会格外生动。我们坐在树下讨论时，发言也会争先恐后。

三

日新月异，你又经历了种种岁月，好的不好的，你见过了许多馒头，粗面的、细面的，北方粗犷的、南方精致的，小的、大的，圆的、方的，丰满的、瘦弱的，就像你已经失去了早先对馒头的期盼，失去了你对馒头的热烈和馒头对你情感上的鼓荡，但是你冷不丁又遇到了全新的馒头。

我已是画家，常背着画箱在太行山中游走，常坐在农民的炕上，一面和他们聊天，一面等待他们的饭食。那炕被四周黝黑的墙壁和屋顶笼罩，有时连炕席也是黝黑的。那时农村物资匮乏，农民常以薯类、瓜豆乃至榆、柳树的叶子做饭食。锅里的颜色和四周一样也是灰暗的，灰暗的饭食和四壁如墨的黑屋子黑炕，倒也显出不谋而合的协调。

一天，我又坐在一家的炕上等饭食，在灶前劳作的是位两腮绯红的大嫂。灶中柴火很旺，锅上笼屉蒸腾出的热气充满着整个屋子，也把我和大嫂笼罩起来。像往常一样，我已不在意锅里蒸煮的是何物。少时，火停了，蒸汽慢慢消沉下来，大嫂从灶前站起，揉揉被柴草灰眯过的双眼，朝着炕上的我展开了笑容，这笑容，显然有几分得意，似乎还有几分挑衅，我猜锅里定有故事了。大嫂平时就少言语，现在她更卖关子似的，也不揭锅，只倚靠门框，轰轰院里的鸡，赶走眼前的猪狗，然后再次来到灶前，终于揭开了锅。这是一锅馒头，大嫂揉出的馒头很大，大得像扣着的饭碗，在黝黑的锅灶上，它们一个个蓬勃着鼓动着自己。在一锅雪白馒头的照耀下，四壁竟也显得不那么黑了。

面对这一锅馒头，我猛然想到两个字：文化。啊，馒头文化，它不仅照耀了一个屋子，也再次点燃起你的欲望、你的念想、你做事的能力和信心。

大嫂嘘着气把它们从锅里捧出来，摆在一个篦帘上托上饭桌，她用手背擦擦额头上的汗珠，我这才发现汗珠不光浸在她的脸上，她那件被丰硕的胸膛支起的衬衫也洇湿一片。我们一时默无言语地只共享着眼前的馒头文化。一切语言在这里都会显出轻浮和微不足道。

四

又过了一年，我再次来到这个山村，这天正值清明，我受着早春风光的吸引，坐在尚没有苏醒的山梁上写生，向山涧望去，还是一涧的黝黑。突然山涧里亮了起来，那是什么，原来是一队上坟的人群，为首的一个男人手托一个大托盘，盘里是一堆堆白花花的突起，细看，是馒头。是亲人为故人送去的祭物。我的眼光随着这队人群移动着，他们步履缓慢郑重，为首者小心翼翼地托着手中的祭物向前移动。突然我又有了新的"发现"，我看到天空中正有人向着山涧的人群做着呼应。那一定是幻觉，是联想，是意念。我看见他们在空中飘游着向山涧垂下头。我竟然还认出其中的一位，那是我一位年轻的姑姑。先前她美丽可亲，体态丰腴，常把我拢在她的怀里，使我享受她身体的温暖。她是一位受过洗礼的基督徒，受洗时那件被水浸过的长袍紧贴在她的身上。丰腴的体态更明晰可见，我还曾因为她的体态感受过羞涩。她很会唱歌，教我唱"万有主宰可怜世上人"，教我唱"只有我一位真神就是我救主"。有年圣诞节她让我为她折下柏树枝，我们一起做了圣诞树，平安夜时，我们手捧蜡烛，唱起那首："圣诞节，大福节，天使降临大喜悦。"这一切的一切，都使我觉出世界上没有比她更可爱可亲的人了，但是她死了，死于肺疾，当地人叫弱症。下葬时牧师手捧《圣经》，为她致安息词。但是她的安息却十分可怜：按当地规则，未婚女性早逝，要按孤女对待，不能入祖坟。她便被"扔"在一个墓地的边缘，只在一块灰砖上写上她的名字扔于墓中。那时我躲在人后，掉着眼泪，目睹一锨锨的黄土朝她扔去 —— 心想我再也见不到我这位姑姑了，谁知现在我又看见了她，我就要向她呼喊了，可她随着空中的人群飘走了，去迎接这队祭奠的人群，那里有真正给他们以安慰的人，还有他们手里的祭品 ——

馒头。

我放下手中正握着的画笔，再次想到"文化"这两个字，不是吗？只有馒头所形成的文化仪式才能把逝去的灵魂和在世的亲人沟通起来，没有馒头做引导沟通，祭奠也就成了一句空话，一切思念也就永无依托和结果。我放下手中的笔，涂掉眼前未完成的早春画作，一个全新的构思在萌生，啊，《馒头祭》。这是一群亡魂向着人间的馒头做着呼应。沟通他们的是馒头文化。

2016年5月31日

发于《人民文学》2017年第2期

"小格拉西莫夫"的事业

在我的年表中，几次用过"潜入太行山画写生"的表述。"潜"是一个隐藏的表述吧。那实在是我的潜藏和躲避，躲避当时因政治给大家带来的灾难。二十世纪七十年代，旷日持久的政治运动，每人都会研究出躲避的办法：自己托病呀，老人住院呀，孩子如何如何……我是自己托病，找个大夫朋友开个"病条"，成功的时候居多。一旦潜藏成功，你就会融入大自然去做自己愿意做的事。比如写生。那时大地已解冻，麦苗已返青，路边的野草正从松软的泥土中吐芽萌生。如果眼前有几棵杨树、柳树、桃树、杏树，你就更兴奋难耐。

我坐在几棵开花的杨树面前，把我的中山装棉袄脱下来铺在一条潮湿的垄沟上，坐上去。打开油画箱画杨树，画杨树下正返青的麦田，画一群正在为麦苗整治浇水的妇女社员，后面是绵延不断的太行山。那时的村民叫社员，他们的村子叫生产队。

这天，天气格外好，好阳光，好空气，好心情。画得虽颇费周折但终于画成了，我为它取名为《春讯》。后来它几经出现在我的展览会和画册中。每次看到画，就想起一个故事，故事连着一个人，一个叫"小格拉西莫夫"的人。

当时我坐在潮湿的垄沟边画《春讯》，为开花杨树的颜色而犹豫不决。它有时像紫，有时像红。用画刀在画布上画画刮刮，刮刮画画。画油画有时要用刮刀的。转眼半天过去了。这时有两只脚出现在我的眼下，这是一双男人的脚，穿一双家做的布鞋，粗针大线纳就的鞋帮，针脚像撒上去的芝麻粒。

没有穿袜子的脚在鞋里晃荡着，脚面很皱。我顾不上抬头看人，只低头作画。这时一个声音从头上飘下来："晌午了，家却（去）吧，馏山药去。"

这是一个当地人，当地人说话简洁，舌头发直，有点大。比如把"去"说成"却"，把"来家里吧"说成"家却（去）吧"。我放下画笔站起来，和来人站个对脸。这是一个年轻人，一张油红的瓜子脸，头发蓬乱，一件假军绿的棉袄扣子已掉光，用根绳子系在腰间。肩上背只空筐。

和我一起来太行山画画的学生小三也走过来。小三是过来帮我收拾画具回村吃派饭的。他不看来人只弯腰收拾画具，没想到站在眼前的年轻人说话了。

"先别收拾。还得爷（研）究，爷（研）究。"小三停住手，打量着年轻人问："研究研究，你懂画?"年轻人说：

为"小格拉西莫夫"造像

"说不上懂，俺们接具（触）过。"接触过？我和小三都为这个"接触过"而惊异。"你是哪个大队的？"我问年轻人。"土坨的。"年轻人说，"我知道你们住瓦坨，瓦坨老闷家。"

土坨和瓦坨隔着一条河沟子。小三说："你刚才说你学过画？"年轻人说："我是说接具（触）过。"小三问："油画？"年轻人说："油画。"我说："想不到在这儿遇到个同行。"

年轻人说："哪敢，得称您为老师。"

他把"哪敢""您"类的字词加在他的方言里，听起来很"硌生"，但以此又可发现他确实接触过外界文明。

小三对年轻人有点穷追不舍了，说："你说要研究研究老师的画，老师的画有什么问题？"

年轻人眯起眼睛看看我的画，又看看眼前的景色，沉吟片刻说："老师的画是个观察方法的问题，缺少整体意识。太注意树这个局部了，忘记了周围，我说的是颜色，啊，颜色。你看看后面的山、脚下的地、穿红袄的妇女，再回过头看树。看见了吧？构成树的颜色不是老师画的紫，也不是红，是蓝、钴蓝、湖蓝、普鲁士蓝，紫和红便是一点小小的点缀而已。"

我惊讶起来，这可不是一般的见解。这是一套很具专业特点的画论。何况这个年轻人在讲这番话时，不知怎么就换了一套普通话。

我对年轻人说:"你的道理可不是一般的道理,你知道吗?"

"当然。"年轻人说,"你当这是我的发现,是我好不样地生就出来的?"

"这是谁的观点,也请告诉俺们。"小三涨红着脸。年轻人说:"这哟,这观点出自'小格拉西莫夫',苏联的。先家却(去)吧。晌午啦,馏山药去。"小三说:"俺们不想吃山药,想听你的。"年轻人说,谈艺术有的是时间,他也有一批作品要给我们看。说着就去帮我拿画箱。跟年轻人吃山药,当然是件很诱人的事,可我们在瓦坨有派饭,便谢绝了年轻人。年轻人很是遗憾,说:"这样吧,赶明天一早我去就你们吧。老闷家炕大。"

从这天起小三就把年轻人叫"小格拉西莫夫"了。

真正的小格拉西莫夫是苏联的一位画家,全称是谢尔盖·格拉西莫夫。因为还有一位老画家阿里克塞·格拉西莫夫,所以国人就把谢尔盖·格拉西莫夫称作小格拉西莫夫。小格拉西莫夫作画,颜色很讲究。

晚上我和小三躺在老闷家的大炕上,小三翻来覆去只是重复着一句话:"'小格拉西莫夫'神了。"我说是很神。

第二天天刚亮，外屋就有了响动。我们以为是房东，便故意躺着不起。当安静下来，我们来到外屋时，原来"小格拉西莫夫"正坐在一个蒲墩上抽烟。他看见我连忙站起来说："老师，画箱我也背过来了。还有……"他指着我身后的墙。原来，他在我身后那面被烟熏黑的墙上拉了两道麻绳，绳子上别着他的两串作品：书本大的，巴掌大的，簸箕大的。"专为老师布置了一个小画展。""小格拉西莫夫"说。

小三也走过来，看看画，看看我，看看我又看看画。对年轻人说："'小格拉西莫夫'，你可以呀。"

且不说"小格拉西莫夫"的画可以不可以，在瓦坨这个出门见山的小村里，好像闻柴草味儿，闻猪粪、羊粪味儿才是合情合理的。你突然闻到了油画味儿，那沁人心脾的松节油味、亚麻仁油味，这本身就是一大意外。至于画嘛，画面上颜色堆得很厚，倒是有形象，哪是山，哪是房子、树、石头……都能看出了。可见他追求的是执着、虔诚。但油画终归不是他的祖传，他的祖传本都是种地、擀毡、卖柿子的。再说"小格拉西莫夫"对于油画只是"接触"过。

面对"小格拉西莫夫"的展览，他非让我立刻作出评价。我说:"咱们还是先洗脸、吃饭上山吧。你不是也背了画箱吗?"

小三已经在研究他的画箱了。这是一个号称"苏式"的"专家画箱"。画箱连着三条腿,支开便当画架用。说实在的,这个画箱是优于我这个"趴"在地上的画箱的。"小格拉西莫夫"说是他自己鼓捣的。

吃完早饭我们三人一起上山。"小格拉西莫夫"在前头引路,一面走着,还让我评价他的油画。小三插话先评论起来,他说:"'小格拉西莫夫',你为什么不把形象画具体点。连个比例也不讲,鸡和狗都一样大,还有你画的那个门,人能进去吗?"

小三的一番话使"小格拉西莫夫"停住脚,他和小三站个对脸说:"小三兄弟,就艺术的整体而言,你的话有道理;就艺术的阶段性而言,你的话是错的。"

"俺错在哪儿?"小三问。"错就错在你忽略了艺术的阶段性。你画一张画就是为了让人进门,这再简单不过。可你忘了,现在我们画箱装的是什么,是颜色。现阶段你我的任务是要弄颜色。有一次小格拉西莫夫指导学生写生 —— 我说的是苏联的那一位,不是我。他们眼前除了塔松和白桦树,还有一座建筑。这建筑有十二个台阶,啊,听准了，台阶是十二个。有个学生多画了一个，也就是画了十三个，小格拉西莫夫给他打了五分。相反有个学生不多不少画了十二个，小格拉西莫夫反倒给他打了三分。"

"这为什么？"小三问。"为什么？艺术的阶段性。""小格拉西莫夫"说，"目前小格拉西莫夫正给学生讲色彩，就不必计较一个台阶的得失。咱老师懂。为什么老师一上午画不完几棵杨树，是比例问题吗？显然不是，老师是为颜色而苦恼。老师，你说对吗？"

"小格拉西莫夫"的话"镇"住了小三。小三扭头看我的反应。

从道理上讲"小格拉西莫夫"的话无可挑剔。小三看我不说话，也不再引逗"小格拉西莫夫"。

或许，我真像受了"小格拉西莫夫"的"提醒"，这天画得很顺手。"小格拉西莫夫"也放开手脚，油画笔在纸上一阵恣肆地"乱打"。小三或许对此理论摸不着头脑，画得很吃力。

"小格拉西莫夫"故意对小三挑衅似的说："老师，我给你翻俩跟头吧。"他翻了跟头又唱当地的老调梆子……艺术把他弄得五迷三道的。

小三不甘失败，晚上躺在被窝里向"小格拉西莫夫"

挑战："哎，'小格拉西莫夫'，再给俺们讲讲水吧。怎么画水。""小格拉西莫夫"露着半个肩膀子，抽着自制的卷烟说："你问的是画水。水嘛，水就是一面镜子。"

"那，山呢？"小三问。"山，一个沉默的人。""小格拉西莫夫"说。"还有问题吗？""小格拉西莫夫"问小三。小三沉默起来。胜利是属于"小格拉西莫夫"的。是谁给了"小格拉西莫夫"——土坨的"小格拉西莫夫"（真名叫二旦）如此地道的作画理论？原来两年前有位Z姓女画家来此地写生，二旦就接触了油画。Z画家给二旦讲"小格拉西莫夫"，二旦就给Z画家挨家找鸡蛋。据二旦说，Z画家人高马大，一天吃十五个鸡蛋。

几天来自信和快乐一直笼罩着"小格拉西莫夫"。小三甘拜下风。

"小格拉西莫夫"也有沮丧的时候。事情是这样，我们住的是老闷家，老闷是个年轻人，媳妇很好看，我很愿为她画张肖像。晚上跟"小格拉西莫夫"商量，"小格拉西莫夫"不屑地说："长得不行，太敦实，脖子短，肉眼泡。这样吧，明天我把我嫂子领来，娜塔莉亚一般。你们一看便知。"

娜塔莉亚是苏联电影《静静的顿河》里的人物，苗条，美丽。

可惜"小格拉西莫夫"没有领来他嫂子。他嫂子说"今后晌要粉麦子"。粉麦子就是磨麦子。"娜塔莉亚"没有来对我们倒没什么,"小格拉西莫夫"却吃不住劲了,显出狼狈和羞惭,嘴里叨叨着:"粉哪门麦子……"

一连几天"小格拉西莫夫"都很沉闷,晚上躺在炕上不再提"水是一面镜子,山是沉默的人"。只冷不丁来一句:"老师,等着的。等秋后山药下来,我背筐山药竟(进)城看你去。俺们的山药是'大红袍'小薄拼(皮)儿。"

一天我们真到"小格拉西莫夫"家去吃山药了,还见了"娜塔莉亚"。她刚收工回来,见屋里是我们,故意在门前闪来闪去,还为那天的事"打圆场儿"。她朝另一个屋子喊:"娘,今后晌还粉麦子不?""小格拉西莫夫"就自言自语地骂:"个×的,这家里要是有麦子,还能让老师吃山药?"

"小格拉西莫夫"的嫂子——"娜塔莉亚",确是个美人,比老闷他媳妇可俊:胸是胸,腰是腰,圆脑门儿,高鼻梁。我吃着馏山药,"娜塔莉亚"在我们眼前晃来晃去。"小格拉西莫夫"骂着:"个×的。"

几天后"小格拉西莫夫"才缓过来,但对小三的画他始终不屑一顾。小三请他看画，他头也不抬说："艺术嘛，各村有各村的高招。"小三说："这也是小格拉西莫夫说的?""小格拉西莫夫"说："这是电影《地道战》里说的。"

我们和"小格拉西莫夫"相处一个月，都画了不少画。临走我们布置了一个三人联展。"娜塔莉亚"真粉了麦子，烙了白面饼，煎了腊肉，买了枣酒。"娜塔莉亚"跑进跑出，像要弥补那天的过失。"小格拉西莫夫"喝了酒，醉醺醺地说："老师，等着，秋后新山药下来，我背筐山药竟（进）城看你去。"

秋后我没有见到"小格拉西莫夫"，我出了事。干校查出了我的病条是假的，勒令我回了干校。

我再见到"小格拉西莫夫"是五年以后的事。我差不多是专程去土坨看他的。我下车后沿着一条山路，找到"小格拉西莫夫"的家。推开一个栅栏门，一个女人从屋里迈出来，原来是"娜塔莉亚"。五年不见我还是认出了她，脸上虽然多了几条皱纹，可身材不下于当年。上身穿一件宽大的外套，敞着，下身穿一条黑健美裤。看到我，端详一阵，立刻显出兴奋地说："快画吧，今后晌不粉麦子。"我还不知怎样答话，"娜塔莉亚"又抢先说："你看奇怪不奇怪，他嫂子好不样地成了二旦媳妇。他哥死了，烧窑砸在了窑里。二旦接了窑也接了我。"

原来这样。我对她说："这也自然。""可自然哩。""娜塔莉亚"说，"一个女人家，无非是挪条炕呗。""娜塔莉亚"把我让进屋，从一只牡丹花尚新的暖瓶里给我倒上水，叙述了他二人的结合和眼前的事业。她说，先前丈夫烧窑，烧瓦烧花盆，收益有限。后来二旦接了窑，二人就合计改变经营方向，改烧"艺术品"了。

"艺术品。""娜塔莉亚"说，"专烧小课（裸）体儿。"我说："烧……小……""小课（裸）体儿。""娜塔莉亚"说，"这家伙有人喜欢。走，我带你参观参观。""娜塔莉亚"带我上了高坡，来到后院，推开一扇房门。

"小课（裸）体儿"摆了一屋子，地上、炕上都是。原来这是一些用低温烧出的粗瓷人形，筷子高的、半根拐杖高的，有《断臂维纳斯》、安格尔的《泉》，一些裸体"小洋人"。最使人振奋的是，这些白色小洋人的乳头上，一律点着红点。

"娜塔莉亚"指着满地的"小课（裸）体儿"说："看见了吧？没想到这物件有人喜欢，赚钱着呢，二旦是听了我的话。他会造型，我给他点红点。"

"那油画呢？"我问。"烧了，我给他烧的。油性大，一烧净冒烟。"太阳快落山时，"小格拉西莫夫"回到家，他赶集卖"小课（裸）体儿"去了。骑一辆电动三轮车，车上码放着几个大纸箱。停住车，从车上提下一捆当地产的白牌啤酒，敞着怀，伸出手就和我握，说："我看到老师从集上过了，没叫住你。心说你肯定会家来。果不其然。"

五年不见，"小格拉西莫夫"变化不大，只是瓜子脸更红了。头发不再蓬乱，身上斜背着一个人造革文件包，像个走南闯北的生意人 —— 小经理打扮。

"小格拉西莫夫"把我让进屋，把一捆白牌啤酒"扔"在地上指着说："老师不会见笑，当地产的白牌的，也比馏山药强。"

"小格拉西莫夫"扔下啤酒，就到院里和"娜塔莉亚"准备晚饭了。晚上我在灯下吃着他们二人为我烙的葱花饼、煎鸡蛋和"小格拉西莫夫"在集市上买的驴肉、驴肠。"小格拉西莫夫"用个大碗喝着白牌啤酒。他看我喝得不爽快，就说："随其记言（顺其自然）吧。人家小格拉西莫夫肯定也不喝这玩意儿，人家喝什么？喝'格瓦斯'，吃'大列巴'。咱们没有'大列巴'，整天吃山药。光接触油画有个什么用，说到这儿，老师笑话了，你一准要问，你那油画呢？烧了。谁烧的？就是'娜塔莉亚'，从前的嫂子，现在我媳妇，个×的。我说留个纪念吧，人家说，别分那个心了。做你的'小课（裸）体儿'吧。你造型，我给你挂彩儿。个×的。还真能，你看那'小课（裸）体儿'，哪最鲜气，奶头儿。怎么我越说越不着调。""小格拉西莫夫"看我不说话，又歉意似的说："不论怎么说，老师在我心中还是扎下根的。为什么，就因为咱们一起闻过那种味，油画味，一起闻过，一起爷（研）究过。"

我们在"小格拉西莫夫"断断续续的叙述中结束了晚餐。当晚我住在"小格拉西莫夫"家，"娜塔莉亚"在一个堆满"小课（裸）体儿"的闲炕上，推开一块空地，为我铺陈被褥。

我和衣躺下。窗外又是山区那特有的明丽天空。天空下有座山，远看像一个仰面而卧的女人。想起"小格拉西莫夫"的那句话：山，一个沉默的人。这个沉默的"人"折腾了我一夜。天刚亮，"小格拉西莫夫"又要推车赶集了。看到我说："我猜老师一夜未眠。为什么？准是看见了'沉默的人'。说到此，我目前的想法是，水可以像镜子，山也可以沉默，人不能沉默。沉默着光吃馏山药哟。"

"小格拉西莫夫"出门上了路，我吃了"娜塔莉亚"为我做的早饭。我们做了告别，我决定去瓦坨老闷家。

顺着一条熟悉的山路向前走。想着，油画艺术对于土坨、对于"小格拉西莫夫"到底意义何在？也许意义就在于，在土坨这个深山老峪的小村，有人爷（研）究过油画，这便是它的意义了。

研究，改变，再研究，再改变，这便是一部人类的生活史吧。不改变倒成了例外。

我继续向前走，看几个农民正在砍掉自家的柿子树，有的树上还挂着成熟的柿子。几个农民认出了我，说："快画柿子树吧，不画就没了。"

我问他们为什么砍树，他们操着当地方言说："光靠柿子哟，喝西北方（风）吧。卖不上怯（钱）。"

这又是一个研究和放弃的例证吧，他们的祖先对柿子的研究少说也有几百年，现在他们要放弃了。

"小格拉西莫夫"研究油画又放弃油画，就像他的乡亲研究柿子又放弃柿子一样吧。油画或许就属于喝着"格瓦斯"吃着"大列巴"的人群。

2009 年初稿

2012 年再改

铁匠山

　　那年寒露，大秋已过，我来一个叫东水的村子写生，这是一个位于狼牙山下的小村，山梁那边还有个村子叫西水。我住在一个叫二丫头的家中。二丫头的父亲放羊、擀毡，母亲是一个普通山民，二丫头是他们的独生女。

　　我是在村委会（当时叫大队部）遇到二丫头的。大队长对我说，就住二丫头家吧。接着大队长向外喊："二丫头，过来一下!"一位个子不高、圆乎乎的姑娘跑进来，看看我，问队长："有事哟?"队长说："没看见来人了，画家，就住你家吧。"二丫头不假思索地说："行。"

　　当地人说话简洁，有的单字能代表许多意思。"行"就是可以，就是没问题，就是好吧。队长又对二丫头说："吃饭呢，还是派，你掂对吧。"

我跟二丫头走进她家，这是一个典型的山区小院，乱石垒墙，干树枝做门。几间坐北朝南的房子面朝山。院子一头是柴草棚，厕所连着猪圈……

二丫头推开两扇房门把我让进来，指着一盘炕说："你就住这儿，里间是我。"

这是一间有里外间的屋子。里间和外间由一人高的短墙隔断，短墙以上是秫秸插制的隔扇，隔扇上糊着纸，纸很旧。门上只有一条白布门帘。

面对这样一种居住形式，我踌躇一下，对二丫头说："还有别的空屋子吗？大小都行，我们这个职业不计条件。"

二丫头咯咯笑起来，说："这有个什么呀，不是还隔着一道墙哟，我不怕你，莫非你还怕我？"

我吞吐着说："也不……不是，其实……"

二丫头已经从里屋抱出被褥。

我住下了。

二丫头农中刚毕业，是大队的广播员。

二丫头替我铺好被褥，我把前几天画的写生摆在窗台上、桌子上，像摆地摊一样。

二丫头从炕上扑通跳下来，东看、西看，面对眼前的稀罕似有不解之意。但她并没有问长问短，不似我遇到的

117

一些女孩，面对你的画，总要问点什么：这是什么，那是什么……

已是黄昏，当晚我就在二丫头家吃过玉米粥，又和二丫头的父亲聊了家常，该是睡觉的时候了。

我先走进我和二丫头的屋子，毫无目的地坐在炕沿上。二丫头走进来说："知道你躺不下，恁讲究，我睡去了。"

二丫头也不看我，一挑门帘进了里间。灯也亮起来，把糊着的纸墙照得很亮。

我脱下大衣服，留着"小衣服"躺下。二丫头给我铺陈得很厚，足能抵挡早春的寒冷。

二丫头在里间一阵动静：她上了炕，站在炕上开始脱衣服，影子投在纸墙上。我熟悉此地的山民，他们脱衣、穿衣要站在炕上，睡觉要裸着自己。二丫头的影子就如此这般地凸现出来。

或许是外屋太黑，里屋太亮，我的视线很自然地就被吸引在隔断墙上。我闭上眼睛，再看就是自己的"不洁"了。尽管画家面前出现裸体女性是常情，那自有个规定情境的不同，那是模特儿。

里屋灯光骤然消失。二丫头朝着外屋没有人称地说："你画那画卖哟？"

二丫头

"不卖。"我朝着屋顶的黑暗说。

"留着自家看哟?"

"啊,自己看吧。"

"好看哟?"

"好看不好看的吧。"我说。

"也许有人愿意看,百人百脾气。"

这一切都证明着二丫头是不喜欢我的画的。

过了一会儿,二丫头又对我说:"县广播站来电话了,明天,也许后天有霜冻。出去别冻着。"又说:"明天派饭在东头富贵家吃。他家生活比一般人强,偷着卖香油。"

我答应一声。

里间、外间都寂静下来。

二丫头不喜欢我的画和隔断墙上那个影子,这两件事干扰了我许久。

第二天,二丫头起得很早,蹑手蹑脚走了出去。

我起来打听到东头富贵家,早饭并不强,半盆掺着干菜的秫米粥。

白天我在村外写生,眼前是一片开阔地,远处有座山,像四边不靠一样,当地人管它叫"铁匠山"。这山的造型和颜色都和它的名字接近:凝重、稳定。我决定画铁匠山。

村里广播站传来二丫头的声音:"社员们注意啦。根据县广播站通知,明天,也许后天有霜冻。各家的山药要尽快刨,以免烂在地里,白菜、萝卜也一样。自己掌握好。还有一件事,咱大队来了一位画家。画家要到各家吃派饭,派到谁家,谁家都要拣好的做,有鸡蛋的摊鸡蛋,有腊肉的煎腊肉。熬粥,也别往锅里掺和烂菜叶子、树叶子了。这也是对主席的无产阶级革命路线忠不忠的问题。"

二丫头的广播一遍又一遍地重复着。我心里七上八下地听。心想,煎腊肉、摊鸡蛋算我运气好,要和无产阶级革命路线连在一起,我实在不敢当。我是借故"逃离"我所在的"五七"干校的。本身就是对革命路线的不忠。

我听着广播画完了眼前的铁匠山,回到二丫头家,把画贴在墙上。很巧二丫头也进了屋,她一眼就盯住了我的画,她向前走走,向后退退端详一阵,脸上带着无比的惊喜说:"呀,铁匠山。这张可好,般(比)哪张都强。"

没想到铁匠山引起了二丫头对我作品的热情。

"你喜欢这张?"我问。

"嗯。"

"为什么喜欢?"

"这太神奇了,太像了,铁匠山不是一般的山,没人能画像。"

"你说，太像了，哪儿像?"

"铁打的一样，稳重。"

原来我和二丫头在艺术上是能沟通的。

她说的"铁打的一样"是道出了一件作品的气质吧。不是细枝末节的像。

晚上，我躺在炕上又看见二丫头的影子。里屋黑下来时，二丫头冷不丁问我："富贵家的饭强呗?"

我说："煎了腊肉，准是听了广播。"

二丫头说："有，他家有，闹点小资本主义，就比普通社员强。"

"大队不管?"

"管，管不过来，你横是管不住人的心思……画人呗?"

二丫头突转话题问我。

我说："画，画画你吧。"

"可不。找好看的吧。"

假如我要说，"你就好看"，此时、此地、此话就有些欠庄重。晚上，一间屋子，两个人的世界。我采取了沉默，二丫头也沉默下来。窗外格外安静，有山鸡的叫声从远处传来。当地人说这是山鸡在求偶，叫声清灵幽远。

我在东水一住半月，转着圈儿吃派饭，画了半墙写生，二丫头却有着不同的褒和贬，唯独没有对铁匠山那般的热情。

离开东水时，二丫头一面替我整理东西，一面指着我的一摞画说："都是山水，到了也没画个人。"语气似有委屈和抱怨。

我说，是啊……没画个人。

二丫头说："那天你说画我，我说找好看的画吧，你不说话了，想必是我不好看呗。"

原来这样，看来这是一个难以解开的误会了。我尴尬地站在二丫头面前，二丫头看出了我的尴尬，打圆场似的说："那……我要一张画吧，留个纪念，你知道我要哪一张。"

我从已经整理好的画作里，抽出了"铁匠山"。

留下铁匠山我是很心疼的。过后想想，它毕竟是留在了铁匠山的故乡二丫头家。二丫头认识它。再伟大的作品也难求一认识吧。

2012年12月

午夜喂牛者

假若你不进山，不在山上住，永远不知道在山上看星星，星星有多大。星星有多大？有酒盅大，有核桃大。不用月亮的率领，单只一天繁星，大地也会明如白昼。

这个散落在半山腰的村子叫瓦片。瓦片村有瓦房，也有草房，瓦房都很老，有的房上残存着砖刻，有说法为明代的建筑。我和我的学生小三来这里画画，就住在一间老瓦房里。房主人叫全福，是个刚结婚半年的青年。全福和新媳妇住在我们对面。

全福是一个赤红脸、敦实个，有文化、不爱说话的人，遇到我们顶多说一句"出去哟"。要么"回来了"。至于你是干什么的，他全然不闻不问。

媳妇很俊，也结实，以画家的眼光看，全身哪儿都标准。她也不爱说话，整天从屋里跑进跑出，低头不看人。不似我接触过的另一种女人，总要把你问个"底朝天"。

很快我们得出结论：深山出俊鸟。全福媳妇是一只俊鸟，怕羞的俊鸟。

晚上我和小三躺在炕上聊天，悄悄议论几句全福媳妇成了自然。

"美倒是美。"小三说。

"是挺美。"我说。

"您画模特儿多，有这么美的没有？"

"百年不遇，标准也不一样。"

"整天羞羞答答不说话，莫非和全福也这样？"

"这很难说。我想不至于。"

外面月亮升起来，加上繁星的光华，把一棵核桃树的影子投在窗户上，如同白昼。

全福踢踢踏踏进了院，进了屋。媳妇在屋里黑着灯等他，还是听不见两人说话。院里格外安静。正是夏天，只有丝瓜架上的蝈蝈在鸣叫。

我们不再议论全福媳妇，我想着明天的事。小三很快打起了呼噜，我不知何时进入梦乡。再醒来时，大约已是午夜。为了到院里方便，我从炕上下来，摸黑趿上鞋，蹑手蹑脚拉开门，挑起一个蓝布门帘，一只脚迈过门槛，对面一个景象惊呆了我，全福媳妇从对面屋里走了出来，是裸体。这时你是不敢相信自己的眼睛的，但现实又顽强地证实着你眼睛的确认无误 —— 全福媳妇是裸体。

我赶忙把迈出去的脚缩回来，用门帘把自己遮住，只留一双眼睛朝门外。只见全福媳妇径直向牛棚走去，噢，她是出来喂牛的。在院子一角有个敞开的牛棚，一头黑牛头朝外吃草。全福媳妇背朝我弯腰拿起一个筛子，又用筛子撮起一些碎草，晃动着身子把草筛净，再把筛子举过头顶开始给牛添草。于是，一个美的瞬间呈现出来：金灿灿的草节向下飘落 —— 金子一般。月光洒在她的肩上、背上和臀上，碎银一般。我说的美的瞬间，不是一个司空见惯的美。那实在是人间的大美，一个千载难逢的大美。

全福媳妇喂完牛，扔下筛子，"闪"一样，闪回了屋里，月光、星光追了她一路。

想起法国画家米罗的一句话，大意是说，画家像支蜡烛，但蜡烛靠点燃才能发光。点燃画家的只能是生活。

现在，全福媳妇不把你点燃才怪呢。不然，那只能是你的麻木和迟钝。

趁着我已被点燃，我开始画"喂牛"，《午夜喂牛》一时

126

成了我的"题材占有"。谁知画了几年，终没成功。但它对我的点燃，已成永远。这是后话。

第二天我把当晚的情景告诉小三。小三埋怨我为什么不把他叫醒。我说，一是怕你醒了，她走了。再说两个男人看一个裸体女人，总有不方便之处吧。

看全福媳妇喂牛，我想起了马约尔①和维格兰②，但她实在又不是马约尔和维格兰式的女性。她是太行山瓦片村全福媳妇。平时不言不语，很羞涩。一旦四周属于她自己时，她自由了，更美了。

2013年1月

---

① 马约尔（1861—1944），法国雕塑家、画家。
② 维格兰（1869—1943），挪威雕塑家。

"河里没规矩"

我沿着拒马河走，寻找那个"河里没规矩"的故事。那故事说，夏天中午当地的闺女媳妇们可以和男人面对面下河洗澡嬉闹，又互不干扰。

看来这已是一个久远的故事。如今，我坐在河边写生，不见传说中的情景，再三打听，当地人都讲得不甚清楚。

一天我坐在一个叫何家河的村边画画，一个放羊老人走来。一群羊一嘴一嘴地低头吃草，拒马河边的水草鲜美，老人停住脚步，抱一羊鞭蹲下来看着我画画，他看得很出神。我问老人，我画的拒马河像不像。老人说像是像，就是河里缺东西。我说缺什么东西。老人说，缺个"河里没规矩"。

我惊奇地站起来，终于听到了当地人讲起"河里没规矩"。我和老人站个对脸，老人的脸上正挂着微笑，那笑有点天真，有点嘎。嘴角一起一落，这类表情本应挂在年轻人的脸上。

"你是说，画个河里没规矩?"我问。

"那有多么好，这边是女的，那边是男的，一蹦一跳的。"老人用羊鞭在我画面上指点这边又指点那边。

"现在还有吗? 那，那个河里没规矩?"我说。

"女人娇贵了，不般以前了。"老人说。

我开始刨根问底，哪怕听老人当故事讲讲也算运气呀。老人说，找个女的讲讲吧，那才有滋有味，老爷们儿讲，干巴巴的。他提醒我到村里去找一个叫贵姐的女人。老人轰赶着羊群远去了，唱着当地的老调梆子：都只为潘杨两家事，急把我寇准调进京……

我决定去何家河找贵姐。一个年轻媳妇把我领进贵姐家。那是一位古稀老人，大热的天，贵姐在炕上捂着被子，露出半截身子，肩胛骨凸出着，两只乳房似有似无的。脸上的皱纹像黑白木刻画。我不好意思看贵姐，贵姐却不在意，还是露着半截身子和我说话。我向贵姐说明来意，她脸上的皱纹立刻敞开来。她说："我十六岁过的门，觉着这事挺新鲜，我们山那边没河，看见河、看见水稀罕着哪，大中午，闺女们、媳妇们都去，找块玉米地、高粱地，脱得光光的，把衣服一扔，就往河里跑，不怕叶子扎，不怕蚊子咬，下饺子一样……谁没打幼年过过，打闹，疯着哪。那厢兴许就有男人，有有去。你冲我喊，我冲你喊，你冲我骂，我冲你骂。你往上一蹿，我也往上一蹿，你敢露，我也敢露。谁叫年轻呢，可有一条，不许你过来，更不许动手动脚，说是河里没规矩，这就是规矩，严着呢……"

我好奇地问贵姐："万一有人不守规矩呢？"

贵姐说："除非他不是人。"

听着贵姐的叙述，很难想象这位瘦骨的老人，就是当年在河里"疯"过的少女，但我又清楚地"看"到一个十六岁的妙龄少女，正澎湃着自己的血液，澎湃着自己的筋肉，朝着那边的男人笑着、跳着，尽情展示着自己的青春。一个"河里没规矩"的故事，终于在我的心中复活起来。

和贵姐分别时，那个年轻的媳妇对我说，往上走，深山里，兴许还有。

听了这个年轻女人的话，几天来，我心情忐忑，开始沿拒马河向上走，向深山里走，每天只见碎银般的河水在阳光下闪烁。偶尔有人，那是给牛马洗澡。我无心再等什么河里有没有规矩，决定画自己的画，决定不再为河里的事分心。

人生有许多"无心插柳柳成荫"的时候。这天又是中午，我坐在河坡画画，高坡下又是一带茂密的玉米地。不远处有群女孩正朝玉米地跑来，她们迎着我跑，我的心怦怦跳起来，莫非我真遇到了"河里没规矩"，我赶快把自己做了隐藏。

女孩叽叽喳喳跑进玉米地。

五颜六色的衣服在玉米地里开始闪烁。

有人撒欢儿似的把衣服向天上扔。

女孩们的身影再次闪烁时，便是一身精光了。

精光的身影和玉米的秸秆交织着互动……

此时，我作为一个画家，只有一个感觉，啊，大地复活了，寂寥的山川复活了，复活中的大地、山川、宇宙美了，这美才是人间的大美吧。

瞬间是快速的，记忆却是永远的。

接下来便是女孩们在河里的推搡、拉扯、打闹，可惜河里只有女人，没有传说中的男人。

如果说河里的女孩是故事的结果，我倒酷爱女孩们下河前那些流动的瞬间：有玉米地的掩饰，有掩饰中的暴露，

河里没规矩

有亮丽的肌肤和绿的互动，这美才是沁人肺腑的。大自然原来就是这样多姿多彩的。相反，当她们奔跑到水中把自己"亮"出来时，倒成了艺术家的司空见惯。玉米地里的下河者，竟成了我艺术生涯中永远的追求。

也许是消失太快的缘故，对玉米地里的下河者我没有做出任何记录，没有相机，没有速写。便想了一个画家惯用的方式：决定请一个女孩重演一回：玉米地 —— 下河者。

画家用模特儿作为对构思的补充，这是常事，但模特儿能做出的实在有限。画里的一切还要调动自己的想象和记忆，还有贵姐的描述，玉米地里的下河者才永远壮丽、灿烂。

2013年1月

《哀乐》闲话

　　这里说的《哀乐》，就是伴着故人远去的那首乐曲。《哀乐》的诞生联系着一个人，此人叫杨戈。杨戈是谁？是我二叔，是早年投笔从戎，由西安七贤庄八路军办事处赴山西抗日前线的一位老八路。之后他入文艺界，在延安"鲁艺"学习，曾参加过延安文艺座谈会，并在贺龙领导的西北战斗剧社担任领导职务。解放初期，杨戈却由文艺界改行，在中央一些经济计划部门任过职。二十世纪八十年代，作家黄宗英在她的散文《大雁情》里写过他：杨戈同志沉默半晌，说："宗英同志，你……写吧，不要怕，我们支持你。"就是这位杨戈，那时他是陕西科委领导之一。看来黄宗英所写内容需要得到这位领导的支持和鼓励。

　　我和二叔杨戈属河北赵县一个屈姓家族，但后来由于

"革命需要"，我家姓氏也混乱起来，比如他姓杨我姓铁，除此家人还有一些异姓。

我没有见过杨戈，只听到过关于他的一些传说：少年聪慧，先入保定育德中学，再入北京西山中学以及中法大

战斗剧社时的杨戈（摄影）

学。"七七事变"后投笔从戎，还领导过一个剧社。

后来的一些传说更具分量。比如他在延安"鲁艺"学习时，曾领唱《黄河大合唱》，当时的指挥便是作曲家本人冼星海。还有，流传至今的《哀乐》就是杨戈作曲，凡此两大事件已被写入《赵县志》一书中。

为证实这两件事的真实性，我也做过一些力所能及的考证。

二十世纪五十年代我在中戏读书时，曾参加过北京大学生合唱团。排练时，常有一位中戏教表演的吴先生来做表演指导。吴先生曾在"鲁艺"学习，且参加过《黄河大合唱》。一次我问他，当时是否有一位姓杨的男高音担任过

领唱，吴先生肯定地回答道："有，有。"

但他并不知道杨戈的名字，因为杨是西北人，但杨戈的领唱总算画上了句号。那么《哀乐》呢？我曾就此找杨戈的儿子、现在某大学教马列主义的教授屈长江作证实。长江的语气坚定。看来他们父子曾谈过此事。后来我再与杨戈的侄女、北京一位退休教师就此做交流，她的口气也十分肯定。她曾与杨戈在一起生活许久。但我还是有些不踏实。这件事实在太大了，大到一个家族都无法承受，便常有再做考证的打算。

二十世纪五六十年代后，文艺政策几起几落，直到文艺作品的署名制被取消。二叔因家庭出身问题，一次次在运动中受着冲击，他本人离文艺界又十分遥远，考证《哀乐》的念头也就不消自灭了。虽然在那个年代《哀乐》仍在沿用。

直到八十年代，署名制再次兴起，何止是兴起，为作品署名之争也显出热闹。一次我在翻阅一本杂志时，无意中读到了一位音乐工作者的答记者问，该作者谈到《哀乐》本是出自他的手，那么杨戈作《哀乐》就成了误传？战争年代许多事缺乏记载，《哀乐》既然有了新作者，以前的误传也存有可能吧。

又过了些年，我要为一本书搜集关于我家族成员的行踪资料，这主要是关于我祖父（杨戈之父）的。我祖父是位旧军人，民国时曾在直系任职，是孙传芳之好友，官至陆军第十三混成旅旅长、吴淞口要塞中将司令、浙江省代省长等职。在研究这位老先生时，自然要联系到他的子孙，那么杨戈又浮出水面。这次我决心捎带要搞清《哀乐》之事了。找谁呢？

不能再靠亲属晚辈的叙述了。为什么不找杨戈在世的老战友去做些了解呢？一次，我贸然拨通了著名话剧导演欧阳山尊的电话。欧阳先生曾在西北战斗剧社工作，我向欧阳先生说明"来意"之后，欧阳先生说，他自己在战斗剧社任职较早，时间也不长，"找严寄洲吧，他最了解"。严寄洲不就是八一电影制片厂著名导演吗？欧阳先生还告诉我严导演的电话。我随即拨通了严导演的电话。严导演非常痛快地答应了我的要求。第二天我就来到了八一电影制片厂的宿舍，严导演的家。

严导演虽年事已高但精神极好，还有着超常的记忆力，他爽快地对我说："你了解杨戈算是找对人了，我和杨戈常睡一个炕头。"原来严导演和杨戈是同睡一个炕头的战友，他连杨戈恋爱时在炕头上辗转反侧睡不着觉的形象都作了生动的描述。谈到杨戈的性格和为人时，严导演说："杨戈沉着，不像我们。他给人一种清高感，为此，再加上他的家庭出身，历次运动中受冲击也是必然。"严导演就此还形象地谈起西北战斗剧社的几次运动，其中最使他记忆深刻的便是"推搡"运动。就是一群人把"重点人"围起来斗争，重点人被推过来、搡过去，人们还提出一些莫名其妙的问题让你回答，比如，有人问你："你在南方吃大米，为什么跑到北方吃小米？大米好吃还是小米好吃？……"意思是你放着大米不吃，单跑到革命阵营找罪受，必然是打进来的特务了。严导演说，他和杨戈都被围起来推搡过，虽然那时的杨戈已是这社的领导还是作曲兼指挥。当然，我是最关心杨戈的作曲和指挥生涯的，我详细向严导演询问杨戈的音乐活动。这时严导演强调着两点：一是杨戈对西北民歌的重视。在他创作的歌曲和几部小歌剧中，都采用了大量的西北民歌。二是杨戈脑子里常有旋律在运动，这表现在他那习惯挥动着的手势上。严导演说晚上即使躺在炕上，杨戈的两只手还在不住比画。"他在构思呀。"严导演说，"他那些作品都是比画出来的。《新旧光景》《翻身的日子》《方山战斗》……"严导演列举了一些杨戈的作品，当然我最关心的还是《哀乐》，我直截了当地问严导演关于《哀乐》的作者情况，严导演不假思索，带出百分之百的肯定说："杨戈写的，这还有错。"他说《哀乐》原来叫《葬礼进行曲》，是为一出小歌剧写的插曲，后来作为《哀乐》先在西北流传，继而延安，继而全国。至此，严导演还一往情深地说，每次听到《哀乐》响起，杨戈就会出现在他眼前，两只手比画着……

《哀乐》作者之事，应该定格于此吧。作为杨戈老战友的严导演在谈杨戈时，我注意到他常带出些难以言表的心情。比如他谈到西北战斗剧社进京后，老同志们总要做些团聚的。西北战斗剧社是不乏艺术名人的，严导演历数了像欧阳山尊等一些名人，大家相聚时都希望把杨戈请到，但杨戈从来不参加这些老同志的聚会。尽管那时杨戈也在北京任职。谈到此，严导演沉默良久。

杨戈不与文艺为伍，不与"文人"为伍，这也是家人所了解的。我想这道理绝非只是他被推搡过，其中定有其他。一次严导演受命写了一个叫《失足恨》的剧本，说的是上海一个有特务背景的青年来到延安，经过斗争交代，得到宽大。严导演让杨戈演那个失足青年，杨戈对严说："你这是胡编乱造，我不演。"由此可看出杨戈是敌视胡编乱造的。让杨戈去"失足"，就像让杨戈失掉做人的尊严吧。那时的胡编乱造并非只体现在文艺作品中。进京后，杨戈和界内人士相见多了，心中又会生起各式各样的胡编乱造，就不如离此远些。这是我的猜测。

《哀乐》作者的问题结束了吗？也许应该到此为止，也许仍不尽然。前不久我从某大报纸看到一则消息：同是两位诺贝尔物理学奖的联名得主，为排名前后还在纠缠不清，虽然历史对此已经有了白纸黑字的记载。《哀乐》的作者至今仍无权威文字可考，由此说来，本文只能作为《哀乐》的闲话而已，但我是相信严寄洲先生的。在一个炕头上他看到过《哀乐》是怎样被杨戈"比画"出来的。

《哀乐》能流传至今，成为哀伤加思念的经典，也证明着它早已远离了胡编乱造。严寄洲先生一往情深地谈《哀乐》和它的作者杨戈，也是对胡编乱造的不屑吧。

2010年9月19日

发于2010年10月13日《文艺报》

名伶大绿菊的肋骨

　　大绿菊是位跑"野台子"的坤角，唱当地的秧歌调，唱《劝九红》，唱《安安送米》……大绿菊出师早，名气大，年纪轻，身子单薄，穿上戏装很显晃荡。然而，人们对于坤角的欣赏与痴迷是千姿百态的。与其说戏迷们欣赏大绿菊的艺术，不如说他们更欣赏大绿菊的肋条（骨）。

　　一位坤角的肋骨怎么会被发现，又会被人们去欣赏，那实在得力于村子里那座"撒气漏风"的舞台：苇席掩着的门板总要留下些缝隙于人的。于是当台前观众静等开戏时，后台两侧便有人在欣赏大绿菊的肋骨了。盛夏，当大绿菊在后台脱下便装换戏装时，两排肋骨也就赫然亮出来。那时，一位村野小艺人的穿着是再简单不过的：光膀穿件布衫吧。当然肋骨以上还有其他，或许它们过于平淡，于是肋骨就夺取了人们的眼球。很难说男人对于女人好奇的注意，到底是针对她们身上哪些部位。现实显然是大绿菊的肋骨。于是，当大绿菊出场，人们感到大绿菊的美是空旷的美，空旷里有肋条（骨）。当大绿菊脱下戏装往下处走时，村人也会忘记她刚才在舞台上的唱腔和身段，就想，大绿菊布衫以下，便是美丽的肋骨了。

在这粗俗的"念想"里，或许还包含着稚嫩的温柔，再说没有大绿菊的艺术，也就没有大绿菊的肋条（骨）。

2012 年 12 月

名伶大绿菊

没有风的日子

　　我沿着拒马河写生，今天走到一个叫福山口的村边。我走下高高的坡地，坡下就是拒马河。躲开拒马河远看，便是连绵不断的太行山。现在尚是早春，远山上只有几丝的绿，沟里的杏树已开花。杏树的花是要早于桃花的，在这个漫长悠远的沟里，独自荡漾着春意。太行在远处，被早春的太阳照耀得有点绚丽、有点喧闹，就像朝着远处的沟壑在高声呐喊，有时作画的冲动，就靠了这莫名的遐想。然而这遐想实在不是莫名的：颜色是能发出声音的，有时形容颜色用"铿锵"，铿锵就是一种声音。

　　我在一张对开纸上开始起稿，研究着山的造型和颜色规律。画家作画有个顺手和不顺手之分，这张画我自觉是顺手的。

大约一小时过去了，在我身后不远处传来一阵脚步声和说笑声，显然这是一群女孩。她们一路小跑着正向这里走来，笑声在四周泛着回音，这种清脆的音乐般的回声，只有在早春的山区才能听见。

　　她们离我近了，有个女孩喊着："看，卖眼镜的！"她是说我像个卖眼镜的。我知道农村集市上卖眼镜的人都背个扁扁的大木匣子，打开后，里面排列着各种眼镜。我写生用的画夹也是个木匣子，打开，就地一支，钉上纸。

铁扬在画《没有风的日子》

145

一阵脚步声停下来，一股股暖气也扑到我身后。农村女孩特有的蒸腾着的暖气有点"硬"，有点涩。

"不是哟。不是个卖眼镜的。"还是那个女孩吧，否定着刚才的判断。

接着一阵七嘴八舌，但又是悄悄地议论。

"是个画花（画）的。"有人看出门道说。当地人对"画"和"花"的发音相同。接着便是对画的一阵分析。"那是什么？是草垛吧？""不是，是一团麻。""麻有个什么画头，还有个人脸哩。""面条，面条！""面条还有红的？""我看见一群羊。"

还有人说看见几个菜包子。有人说，快吃吧，还不去吃俩。"有杏树，这下可看出来了。"

这是个重要的发现。我画写生，经常遇到评论和褒贬。他们有时为我画得像而兴奋、高兴，有时因我"画得不像"而遗憾、败兴。现在这阵议论还不是评论的"水准"，只是客观地议论和猜测。

我故意不和这群客人做交流，抓紧时间，抓住光线，低头弯腰做自己的事。

女孩们看我不理她们，有"生性好斗"者就站在我前面了。"好深沉呀，不搭理人呀。"她对我说。我抬头看，这是一位身着军装绿棉袄、头发微黄、梳两条辫子的姑娘，她居高临下地看着我。"等我腾下手。"我说，"哪村的?"我问眼前的姑娘。"说个村名你也知不道。你的画上不是有杏树哟，上边、右边那两棵杏树后面就是俺们村。"她说。

"福山口。"我说。"不是，就知道福山口哟，福山口大，俺们村小。"她说。"晌午到他们村吃饭吧，他们村工分高，饭强。"一个女孩说，紧贴在她身后，下巴抵住她的肩。"他们村工分高，为什么?"我问。"大队长，能。社员卖鸡蛋、卖柿子，大队长不管。"有人说。"你们怎么不卖?"我问。"你说俺们村哟，可不行，严着呢，抓住就斗。""怎么个斗法?"我好奇地问。"办法多的是，有斗男人的斗法，有斗女人的斗法，难看着呢。"几个女孩嘻嘻笑起来。和女孩们对着话，继续画我的画。"你这山怎么越画越红?"身后一个女孩紧倚住我问，"山上有没有映山红?""依我看，这山比映山红还红，你看不出来?"我说。"咱肉眼凡胎看不出来。"女孩答。"你说这山是什么色?"我问。

"黄乎乎。"

"你看这地什么色?"

"黄乎乎。"

"你看这天什么色?"

"黄乎乎。"

"你连天带山带地一块看。"我站起来，动员女孩们和我一起观察眼前的一切。果然，她们都朝着一个方向眯起了眼。"哎，还真有不同。"那个女孩说，"这山还真有点红。好壮丽哟。""你还挺会形容。"我惊喜地注视着这个女孩。"她呀，班上的能人、诗人。"谁说。"去去去。"能人朝她捶打着。借一个"能人、诗人"的话题，女孩们追打起来。一阵追打过后，又把注意力集中在我身上。"现在总算看出点门道来了。"诗人说，"这画里有个精神，看画也得有个精神。精神对精神，才能看出精神。"我说："你真不愧为诗人，这就是诗。"几个女孩，好像也从"诗人"的见解里悟出点什么，显得格外安静。她们看画。我在女孩们的热闹中，受着看画人"精神"的启发，画完了我的《没有风的日子》。这时，山谷里没有风，几个女孩远去了，沿着山坡地，绕着杏树。四周只有她们的声音在缭绕。

2013年1月

发于2013年《保定日报》

小黄米的故事

　　那几年我和山和山里的人交上了朋友，有位叫大梁的司机常来接我进山。他是县旅游局的司机，开一辆北京213吉普。

　　大梁为人直率，有几分粗鲁，单位人对他褒贬皆有。他给我开着车，聊着天，一聊一路。他讲单位，讲民俗，讲自己，荤的、素的……当讲到当地"量黄米"的故事时，口气中就带出无尽的惬意和快感，不时发出忘乎所以的笑声。

　　黄米本是粮食的一种，米粒比小米大，比小米黏，用它蒸糕、包粽子。黄米糕和黄米粽子比江米做出的便宜，但也黏。

　　现在大梁讲的黄米，和黄米并无关系，是一种人，一种女人，一种自愿和男人拉扯"挑事"的女人。据大梁说，黄米有大有小，有丑有俊，闺女、媳妇都有。大梁说：先前黄米在村口一站，常拉个扫帚，看你过来，转身拉扫帚一走，你只管跟，没错，那就是，"量"去吧。

"去哪儿量？"我问。

"去哪儿？哪都行。有炕的上炕，柴草棚，高粱地，那件事哪儿不能干？"大梁大笑起来。

"拉扫帚的？到哪儿找呀？"我故意问。

"找个黄米店，前头就有。小黄米滋润着呢。量去吧。"

原来找上去的男人叫"量黄米"，那些囫囵个黏男人的女人叫"枭"黄米。

我挑衅似的引逗大梁讲黄米，并非玩笑取乐，我是有心的：我正在开辟一个全新的作品系列——炕头，画那些健美、明丽的农村少女裸着自己在炕上的那些生活瞬间：比如她们铺被窝，她们洗脚、擦背、剪趾甲。一句话，女人在炕头上纯属于私人化的，没有表演、没有虚荣的那些瞬间。我自信那时的女人才是最美的。我进山就是为完成这构思而来。在没有山村少女帮我完整这构思的情况下，找个小黄米，不也合情合理吗？

大梁在一个路边小饭店停住车，小店叫"红玫瑰"。

我和大梁进了店，他径直把我领进一个"雅间"，一个女老板跟进来，大梁开宗明义地说，我们不吃饭，专要一个小黄米。"给找个黏的。"大梁说。

老板答应一声走出去。

少时，一个小黄米走进来。

小黄米个子不高，半黄不白的皮肤，眼睛不大，眉毛挺黑，牙不整齐，但身材还算可以。

大梁看我已经在摆弄相机了，就对小黄米说："伺候好了，听见了?"小黄米瞟了大梁一眼，没说话，大梁走出去，关上了门。

这不是一间吃饭用的雅间，是属于小黄米的一个小空间，屋内有木板做床，床上铺陈简单，小黄米的一堆大衣服小衣服堆在一角。这使人想到"量黄米"和"粜黄米"这一对代名词。

小黄米看我在摆弄相机，直截了当地问我："照个量黄米哟?"一面问一面脱衣服。

我说："我不量黄米，咱必须讲清楚。"

"那，咱干什么?"小黄米把解开的上衣又掩掩。

"光照相。"我说。

"不信。"小黄米说。

151

"光照相。"

"不信。心疼那五十块钱哟。"小黄米以蔑视的眼光看我。

五十块钱是当地量黄米的"官价"。

我把我的目的一五一十地告诉小黄米，又告诉她五十块钱照样付。

小黄米同意了，但表现出一脸难色。不似她刚才准备"橐"时那样随和、自然、得意。

她磕磕绊绊地先脱掉上衣，又把贴身穿的一件针织衫从头上脱下，两只显出成熟的乳房跳出来。她挑衅似的坐在床边，用手拨弄着乳房，乳房在胸前弹跳着。她眯起眼睛对我说："这样吧，你也别说是光照相了，一块算，你给七十。"

"一块算是怎么回事？"我问。

"你真不懂？"

"我真不懂。"

"量一回吧。"

小黄米一面说，一面跳上床，闪电一样脱光了自己，高高在上地朝着我。我有些发怵，有些发蒙，可是我还是发现，小黄米做模特儿，还真有可取之处，她具备一个少女所具备的一切。

小黄米看我在观察她，说："你说的那些事，铺被窝、剪趾甲有个什么好看的。给你看个好看的吧。"她说着就在床上躺了个四仰八叉。

面对真要"枭"自己的小黄米，我显出正经地说："你起来，给你把剪刀，剪趾甲吧。"小黄米桌上正好有把旧剪刀。

小黄米倒是坐了起来，接过剪刀看看，又把剪刀一扔，说："我嫌难看!"

"那你就装缝被卧吧。"我说。

"我不会，没学过。"

"要不，你叠被卧吧，把被卧叠起来，放到炕角。"

"那是个什么样儿，屁股朝着你。"

小黄米在床上把自己围成一个团儿，很是不高兴。

"那你会什么?"我问。

"你知道。就量一回呗!"

小黄米是执意不配合的，按我的要求虽然做了几个动作，但距离我想象中的健美呀、自然呀、亮丽呀，甚远。

于是撒娇似的小黄米又躺了个四仰八叉，要"枭"自己的样子。我决定结束这个没有前途的交易。我说："好吧，

153

就照你说的办。"

小黄米用胳膊遮住脸，咯咯笑起来，小肚子一鼓一鼓。

我掏出七十块钱，放在她枕边悄悄走了出去。

大堂里，大梁正和女老板挤在一条板凳上说话，使人感到又投机又满足。大梁看我出来问我："黏不黏?"老板娘盯着我一个什么地方直看。

小黄米跟了出来，噘着嘴结扣子。老板娘一定猜出来了我和小黄米的不谐和之处，抱歉地对我说："就是个小，要不叫小黄米呢。"

我告别老板娘，走出"红玫瑰"，大梁也跟出来。

我和大梁上了路。大梁对我说："他妈的，老黄米就是有个老帮劲儿，稀里咣当的。"

大梁和老板娘是完成了"量"和"棸"的交易的。

我沉默着想，要完成我的构思，必得另辟蹊径。

大梁看我沉默不语，就说："你要求的那几个动作，别看简单，她们不会。她们就会一样。"

2009年初稿

2013年再稿

水彩之路宽又广

水彩之路宽又广

先前我画水彩时净在颜料里加"粉"，便常遇到圈内朋友们的不认可，即使我在省内当了水彩研究会会长时，作品也常在省内一些水彩展览中落选。他们拿起我的画，带着警惕似的说："看看有粉吗?"于是发现了粉，画便落选了。那时我常觉出这是我的"鬼祟"：你分明加了粉嘛。但常又觉出它的不合理之处。

后来我以此事为自己做辩解。在一个研讨会上作"谬论"似的发言说："那水彩颜料盒里就有一支白，那便是粉，为什么还要制造它，允许画家使用?"

当然，发言归发言，过后也常看到一些不加粉的水彩的妙处，便也试着画不加粉的水彩了，大张小张都画。画着又觉得缩手缩脚，自己不得解放，不似加粉的自由，却也觉出这是水彩的一种，得画。自由与限制同步。

这些年我常在大展中做评委，每次都看上千张的水彩画，有不加粉的所谓"透明水彩"，或称"纯"水彩，也有加粉的"不透明水彩"。我一面庆幸着不透明水彩终归登上了大展的大雅之堂，终于无人再对"粉"做着警惕。我也一再呼吁这两种艺术形式在此应该是平等关系，同时也把这两种形式暗自做着比较：哪种好？我看，画得好都好，画得不好都不好。这应该因题材而异，因人而异，因人的习惯而异，因画家将要创作出的风格而异。

于是，一个"怪"现象不知不觉地呈现出来：在历届大展中，获高奖的大半是加过粉的不"纯"水彩。我和评委朋友常在私下议论这现象，并常把这获高奖作品加以形容：它们像是"拱"上来的。评委们对这种"拱"像无准备一样。

"拱"是一种认可吧，是一种不自觉的无奈的认可。这是对作品力量的认可，张力的认可。显然，加过粉的画是多了些张力的。

这些年，水彩画的道路无疑是宽广了。由于它给画界带来的繁荣，也被大家刮目相看了，有些兄弟画种甚至把自己"评不出的大奖"也慷慨地让给水彩了。但许多朋友仍然觉出水彩画就它的形式和艺术语言而言，还是贫乏的。一些从事其他画种的朋友，一面为水彩画称道，一面仍存有一种居高临下的眼光。我看见他们拿起一本水彩画册噼里啪啦一翻了之。显然一本厚厚的画册，丝毫也没有引起他们的兴趣。这就不似他们在翻动其他画册时那样入神、在意。这种见怪不怪的现象，不能不说是水彩画的一种悲剧。这时自己再说"水彩画是贵族艺术"也是孤芳自赏了，艺术忌的就是孤芳自赏吧。

原因何在，我看是观念的循规蹈矩。由此带来的是，美学趣味的低下，形式的贫乏。再深究其原因，窃以为同行们就水彩谈"水"和"彩"太多，谈艺术和艺术规律太少。"水"和"彩"这两种物质之于水彩画家而言，早已成为雕虫小技，而大家还在大谈特谈。这便成了放弃宽广的大道不走，偏偏在一个小胡同里挤。只谈论"水"和"彩"的结果，使我们对于艺术创造的"有感而发""感觉的升华"以及艺术形象思维的特征都忽略了。

我记得奥地利的画家奥尔斑说过一句话："第一流的艺术杰作是以形式表达的创造性和真挚性而成功的。"这里的真挚性就是艺术家对于人类社会生活的真挚感悟 —— 有感而发吧。而形式的创造性就是画家感觉升华后获取的形式吧。

倘若以上论点有些道理，那么画家朋友不妨试试，我们放弃对"水"和"彩"这个早已无需深说问题的探讨，对形式做些关注，这里也许才大有文章。比如形式是什么？是对描写对象的简单变形（也包括夸张）处理？是画面上那些毫不负责任的随心所欲？显然不是。它应该是画家潜心经营出来的一种完整的"联合体"。这"联合体"只属于画家本人的内心抒发，而不再是画家对于对象的被动描摹。对于水彩画家而言，就不再是显示自己对于"水"和"彩"的驾驭能力。其实水彩画家这个称谓就不怎么科学，它会使自己的道路越走越窄。

如此说来，那些"拱"上来的获奖作者和作品，就不足为奇了。他们起码赋予了作品以真挚和不拘泥于"水""彩"的品质。

当然我也偏爱那些见水又见彩，别具匠心，看得见作者自己，能给人以愉悦的佳作。即使人们称它们为小品。

2010年1月30日

发于《美术》2014年第1期

我看水粉画

—— 记首届全国水粉画大展

水溶颜料，不透明，可渲染，可塑造，这种不透明水彩大约在百年前和透明水彩一起传入中国，国人把它称作水粉。水粉画作为单项画种集中展示，在我国还是首次。

用水粉颜料作画，由于它运用自由和表现形式多样的特点，受到许多画家的喜爱，在中国近现代画史上，还出现过许多经典之作和大家。在此，如果我们稍作回顾，就可发现水粉画有过的辉煌和一些功不可没的画家。林风眠先生就是一家。在他留下的画作中，水粉画占有相当的数量，许多颜色斑驳的金灿灿的风景和被颜色浸染的礼花般的花卉，都是用水粉颜料画成。甚至以水墨为主的风景、静物、侍女等，也都有水粉颜料的痕迹。这种水溶性的不透明颜料，大大丰富了林风眠的艺术，使他把中国的笔墨又提高到一个出人意料的高度，也大大增加了水墨画的表现力。关广志先生应该是一位"纯"水粉画家，他发挥这种水溶颜料的另一优势——塑造。他那些面对中国古建筑的写生，在二十世纪的四五十年代就把中国的写生画提高到一个新的高度，影响到一代注重写生的画家，更受到青年学生的敬仰。若再举几位和林风眠、关广志同时代的画家，他们应该是常书鸿、周令钊、秦威以及吴冠中诸先生。新中国成立之后，适应着国家建设改革的需要，水粉画由于它表现现实题材所具的优势，又出现过不少用它作画的画家和作品，如董希文的西藏写生，何孔德用它对于革命历史题材的表现以及对冲锋中战士的刻画。即使在"文革"时期，朱乃正仍画出了具有经典意味的水粉画作品《好门巴》。这幅作品即使以现在的眼光审视，它仍具有自己的高度，在人物画创作中，完全可以和油画、国画的人物创作并驾齐驱。朱先生以他严谨的造型意识和对材料的合理运用，画得不水、不干、不腻。应该说他把这一画种发挥得恰到好处。

这种不透明的水溶颜料，又为许多长于写生的画家所喜爱。袁运甫、佟翔天、周本义……都为我们留下了一批代表着这一画种的优秀写生作品。

改革开放初期，艺术界面对新时期的到来，欢欣鼓舞，许多"画会"应运而生。记得最早的一个画会在北京成立，便是"北京水粉画研究会"，那是1980年。画会由吴冠中、周令钊牵头，会员包括了袁运甫、肖惠祥、秦威、谭云森、庞涛诸先生。秘书长由《美术》杂志的编辑张文斌担任，我们几个年轻人也蹿前跑后忙活过。画会在北京北海水榭举行首展后，又被邀请赴全国十几个城市做巡回展出，可见画家乃至观众对此画种的热情。

近年来，被称作不透明水彩的水粉画，和透明水彩一起纳入中国美协领导下的水彩画艺术委员会，和透明水彩一起活跃于各种展事中，在艺委会安排的"届展"以及全国美展中也频频获奖，乃至最高奖——金奖，显示出自己不可替代的艺术价值。但总体而言，水粉画在造型艺术这一大家庭中却处在一种忽隐忽现的状态。众多观众乃至我们画家自身，对它尚存有偏见，认为它充其量不过是考前班的教学所为。为使这一画种完成一次"复兴"，也有必要替它来一次"证明"，于是在中国美协的领导下，在美协水彩画艺委会的运作下，首届全国水粉画大展才应运而生。大展一经发起便得到众多美术家和美术爱好者的关注，一时间竟有近三千名作者投寄作品，就此，再次证明了它有着广泛的群众基础和历史渊源。但遗憾的是，最后只有不到两百幅作品入选，许多不错的作品不能入围，但它也证实着这一画种的社会基础和发展势头的可喜之处。最终又在这近两百幅作品中，评出艺委会提名作品十件、优秀作品四十件。

我作为一位大展组织者、一位评委，再次审视这近两百件作品时，发现获奖作品和未获奖作品，就它们的共同品格而言，实在没有多大差别，但任何一次展览的评选，都是摆在评委眼前的一道难题。评委们在行使自己的权利时，自然要带出自己的审美取向，也正因为如此，评选结果才会呈现出一种百花齐放的态势吧，也会带出必然的"不圆满"。所幸，反映现实题材的作品占据了绝对优势，体现出它是便于贴近生活、贴近人民，便于表现我们这个伟大时代的一个艺术门类。这也是本次展览让我们感到欣慰的一点。此外，作品风格虽然各异，但作品都代表着这一画种目前的绝对高度。在众多画家的参与中，我们不能不提到一些作品的作者和几家对此展热心的支持和组织者。其中，江苏、福建、云南、浙江等省都为此展做了大量工作。

此外，内蒙古、黑龙江、山东的画家群体也都显出自己的优势，在本次的展览中也都有精彩作品呈现。

一批八〇后乃至九〇后年轻人的出现，是这次大展的新气象。他们在我们所处的大变革时代为艺术提供的大空间里，思维活跃，勇于探索，自由发挥，按照自己的情致，为水彩画这一队伍增加了新的血液，使这次的展览不沉闷，不因循守旧，充满生气。而许多年轻画家由于受过良好的艺术教育，都呈现出十分成熟的特点，这实在难能可贵。于是一批充满朝气、充满新意，在形式上大胆探索的画家，其作品更加"自己"。一个画种的发展是必得要有一批更加"自己"的画家参与的。有了他们的参与，水粉画的道路才更加宽广。

当我们回顾历史，又看到它初现的繁荣时，也不能不看到摆在这一画种面前的问题，一些问题也急应得到画家的重视。在开幕式举行的研讨会上，专家学者们在肯定了它的成就和本次展览的成功时，也提出了中肯的希望。比如水粉画既然已勇敢地亮相登台，那么它的本体语言到底是何等面貌呢？它和它的近邻油画、水彩相比较，又如何把握自己呢？凡此，专家们又提出独到的见解。有专家主张，水粉画应该是"色重于形，疏重于密"的一种艺术。也有专家提出水粉应该是重视胶和粉的艺术，他希望画家们注意它那胶和粉的属性，它的一切内涵、质感都应体现出它的胶和粉的特点，而不是"油"和"水"的特点。就本次展览而言，我也发现画家在追求画面"完整"的时候，忽略了"颜色"对于人的感染力量。画家在追求画面"成熟"时，忽略了颜色的天真情趣。而过分追求"成熟"和"完整"，也忽略了用水粉作画可自由书写的意识。水粉、水彩本应该是以"颜色"为灵魂的，失去了"色"的灵魂和自由挥洒的意识，就失去了水彩画独特的表现力，要"表现"就要使它的长处"发力"。但无论如何，它又是离不开"水"的。"水"的多少（厚与薄）应该是画家本人的习惯。

我希望画家们在追求画面的成熟和完整时，不妨对颜色的科学加以研究。颜色就是颜色关系，颜色关系是一门科学，就像钢琴上琴键被演奏时产生的科学。一位钢琴家面对八十八个琴键只会运用哆、唻、咪，咪、唻、哆（最多七度），就不是钢琴家。在一个有相当规模的展览中，观众面对的总是颜色的哆、唻、咪，就会使人感到视觉上的疲劳。

此外，我们看到水粉画既是表现现实生活最有力的画种之一，但我们在表现现实生活时，还存在着描摹生活的倾向。

在一些人物画里，是否只注意对人物表面形象（包括质感）的描摹，而忽略了人物的内在精神和最真实的人物属性。所以众多的人物画便出现雷同感，无论是工农兵的脸，不同民族的脸，由不同地域塑造出的脸，面貌大都雷同，甚至连人物年龄也难以区别。再则，在众多油画家、版画家的参与下，画家们也要注意研究水粉画的本体语言和水粉画自身的表现力，于是发挥自身胶和粉的特征、"肯定"的颜色特征、自由书写挥洒的特征，就成了摆在众多画家面前的课题。这时，假如我们在回顾绘画史上那些中外大家时，就会发现他们在运用水粉颜料作画时，是怎样有别于他们在运用其他材料作画时的特征的。我注意过俄罗斯画家科罗温、戈洛文，他们在美术史上都占有绝对的地位，其原因不是因了他们的油画（他们也画油画），而是他们的水粉画。他们的水粉画就是水粉画，不似油画，不似水彩和其他。林风眠在运用水粉颜料时，他的书写意识也使水墨画呈现出前所未有的生机，他把"水粉"这种物质提高到只能用艺术来衡量的高度。董希文是油画大家，又是水粉画大家，他用水粉颜料作画时，是完全不同于他在用油画颜料作画的规则的。当我们重视这些经典的范例时，我们再研究水粉画的本体语言，也许就更具操作性。

要不要有一支专门从事水粉画的队伍或专门的群体，我倒主张应该顺其自然，水到渠成。大家渴望的是要有一批作品，一批好作品，乃至传世作品。有了作品就是对这一个画种的证明，为什么非要强求它的专门群体，也许水粉画家这一冠名就并不科学，画家只把自己局限于"水粉"也并不划算。画家，只有对艺术乃至材料广泛涉猎时，才能称得起画家吧。画家的分类"抱团"在某种程度上给画家自身会带来局限。在此我又想到了林风眠、科罗温、戈洛文，他们又是怎样处理画家和"水粉"的关系的。大师们从不把自己归类，从不把自己纳入哪个群体。

我注重从事水粉画（也包括了透明水彩）群体的自然形成，我们更期待水粉画（水彩画）有作品为自己证明，让历史见证它存的价值。

2015年2月1日

发于《美术》2015年第4期

我画写生

至今我游历中国的名山大川还很少，但我热衷于写生。在我的写生画里，每年都有离我最近的太行山和冀中的平原湖泊。每个画家对于大自然的照应都有局限性吧，再说这也够了。外部世界给予人类的种种可能毕竟是有限的，画家开掘和探究出的生命的内部世界，才有可能为观众创造出不衰的新奇。这便是我几十年不厌其烦地描写、揣摩冀中平原、冀西山川的缘由。

我越来越觉得，艺术的描写实在是艺术家心智的自白，写生更是这样。这就再没必要争论什么是写生、什么是创作，关键是你能否借助你所描写的对象创造出一种精神境界。这境界的造就不仅源于艺术家对外部世界习惯性的模拟，更有赖于艺术家无限的遐想与潇洒不羁的热烈情怀乃至你的美学取向。因此，在写生时看似技法自由、情怀放任的态势，也许更接近于艺术的本质。于是你那画外的喜怒哀乐才有可能萌生，这便是你和艺术、艺术和你之间天真无邪的交流，这便是一个画家的幸福所在，写生会带给你这个幸福时刻。写生画还会启发你的读者和你去做这种潇洒不羁、情怀放任的交流。一个画家的希望和期盼也在于此吧。

　　我常想起我在太行深处遇到的那些乡间女孩，每当冰雪消融，我背着沉重的画具出现在她们的院子时，她们总是扔下手中的活计，抱起柴火跪在炕前为我笼火烧炕 —— 那时炕还凉。她们把脸对准黝黑的炕口，鼓起腮帮用力向炕口吹火。火光照耀着她们明丽而健康的脸，炕烟使她们流着泪。炕被烧热了，她们便会以新奇的目光去寻找我刚画成的作品，然后在手中翻过来调过去地看。当她们看懂的时候就会惊叫起来："呀，拒马河！""呀，铁匠山！"一种满足感从我心中油然而生。我想，明年我还会再来。

2008 年 6 月于画室

《铁扬画册》前言

铁扬在张北坝上写生（摄影）

我与绘画

　　每个画家对于题材和材料工具的选择是他人生的又一次选择。这一半是因他的兴趣，一半似乎是命里注定。你一旦选择了它们，便终生和它们难解难分。日久天长，这种选择本身成了画家生命形式的一部分。而由此派生出来的一个个画面是他生命派生出的许多永恒瞬间。

　　我用油彩画画，是喜欢它能制造出一种颜色的坚强节奏：有时它表现的质感，仿佛可以触摸到生活。然而水粉这种东西却有着能包容一切绘画材料特征的灵性 —— 油彩、水彩乃至墨和木板的效果。但我又觉得，材料工具之于绘画，有时又显得那么无关紧要，它只不过是画家在表达自己生命形式时的一个手段的变换。

　　我越来越觉得，艺术的描写实在是艺术家心智的自白，是借助你的描写对象而创造出的一种精神境界。这精神境界的造就，不仅源于艺术家对外部世界习惯性的关注与敏锐的捕捉，更有赖于艺术家无限的遐想与潇洒不羁的热烈情怀。因此看似技法自由、情怀放任的遐想，也许更接近于艺术的本质。于是你那画面之外的喜怒哀乐才有可能萌生，这便是你和艺术、艺术和你之间天真无邪的交流。

然而面对这一切，都基于画家的劳动。

我不习惯画家朋友把自己认作哲学家或哲人，我习惯把自己称作一个普通劳动者或手艺人。对于这个概念，我曾有过几次和访问者的对话。他们问我一个普通劳动者的特征是什么，我回答有三个方面：第一，他的劳动是要讲效率的，效率就是劳动量。比如街上摆摊修鞋、修车的，劳动没有量，他的生活就没有保证。第二，他必得有清苦意识，但不是穷人，也绝不是富翁。第三，应该有自己的作坊（叫书房、画室都可以）。这是一个千真万确的真理。艺术史早已证实了这一观点，谁都会举出几位古今中外具劳动者特征的艺术大师，比如，米开朗基罗；比如，齐白石。

当然，一位艺术家毕竟不是一位修鞋修车的师傅，他的劳动还带着另外的特征，便是创造性。创造性联系着他对生活的敏感认识和对自己艺术语言的把握。没有这些，又怎么谈到艺术家的心智自白、精神境界……这又是一次次的辩证。艺术家所以为艺术家，大约就是这样认识、劳动，再认识、再劳动。

河北这块土地给了我认识、劳动的可能，河北这块宝地有我的"气场"。"气场"是我借用了铁凝的一个词，她曾多次向媒体表达她的写作是得益于河北这个"气场"的。

2009年7月

2009年7月17日发于《河北日报》

我与油画

我学油画始于我在中央戏剧学院读书时。那时"中戏"在我国为数不多的艺术院校中绘画教学名声也很显赫，因为当时舞台美术教育是因袭了苏联舞台设计，注重绘画性，因此，造型基础就格外重要。当时，任教名师济济，他们治学严谨。我接受油画的启蒙教育是从孙宗慰、冯法祀、李宗津诸先生开始。他们都是二十世纪的油画大家，代表着当时我国油画的最高水平。他们教学形式多样，且具操作性，从他们那里了解油画的诸多因素，是年轻学子们的幸事。后来，又有从苏联留学归来的王保康、齐牧冬、马运洪诸位，他们毕业于苏联列宾美术学院，把苏联油画艺术的全新规则带回国内，使学子们直接接受着早已向往的俄罗斯乃至苏联的油画风格。而罗工柳、董希文的专题讲座也开拓着学生从不同角度对油画的认识，或色彩或节奏。关于画面的节奏，我就是从罗先生那里听来的，觉得新鲜。它改变着你画作的品格。后来我常带着画作和问题向罗先生登门请教，先生则给过我更真切的指点。

我毕业了，并不等于"会画了"。余下的问题要自己去寻找去开拓，其中最重要的莫过于对题材的"占有"和认识生活的角度。

我的作品题材大都来自离我最近的冀中平原和冀西太行山，山川、湖泊、炕头、玉米地、健康明丽的少女、星星点点的花朵都是。

在我的作品里，每年都是这些：太行山、炕头、玉米地以及和它们相互依存的人。那些健康明丽的女孩，大自然不能没有她们，少了她们大自然便不再和谐。有了她们，大自然便多了几分豁达和乐观。你用油画画她们，更觉出她们相互依存的自信和坚定。

2008年6月于画室

发于《中国油画》2008年第5期

积水的村头　油画　19cm×19cm　1959年

我画水彩

我画水彩，是对我一个无需寒暄的肯定。我说的水彩是透明水彩或"纯"水彩。

国人对水彩有严格的界定 —— 用水稀释颜料且不加"粉"。加粉的画便成了水粉。域外画家无此界定。

先前我净在颜料里加"粉"，便常遇到"圈内"人士的不认可。

为此，这些年风风火火、磕磕绊绊还是画了点"纯"水彩，拣出一些小画编成册子给自己也给朋友们。所谓纯，也不纯，其中也有铅笔的痕迹。只是没有粉了。

2008年6月于画室

《铁扬小水彩画集》前言

178

冀西风景　水彩画　15cm×20cm　2007年

卖画记

作为劳动者的画家，卖画本是自然，尤其在一个商品社会，要生存，卖画已是一种生存方式。但，不以营利为目的的画家，卖画又是一件极不愉快的事。你要面对你的顾客张口说出一个数字，不能吞吐，不能犹豫，不能降低自己，又怕"吓跑"顾客。这其中还包括了你的自尊、你的做人，更是难上加难。

但，画家的画还是要卖，因为有人要买。那买主又是各式各样。他们因了各种原因跟你站个面对面，述说着自己：自己买画的必要以及买画的难处。买画甚至还联系着他的生存，他的命运。

去年吧，我接到一个自称学生的电话。这学生自称是我省某市某大学的一名毕业生，正在向首都一个有着摩天大楼的大公司求职。这公司老总已答应对他的录取，但老总还有一个条件：他喜欢一个叫铁扬的画家的画，若能得到，这学生的前途便是板上钉钉了。他为了证明自己的学生身份，甚至在电话里向我通报了他的所有证件号码。但我还是多了一个"心眼儿"，这年头，媒体对这种"差差错错"事件的报道已不在少数。我告诉他说，我非常同情他，但我目前无画可卖，望他另选画家。这学生在无奈中挂上了电话。但，这仅是事情的开始。之后一连数月，这个学生的电话仍不断，电话云，买画之事关系着他前途和终生。我甚至可听见他呜咽之声，并称要登门拜访。面对这一位学生，纵有铁石心肠，心也会软下来的。

过了几天，这学生来了，是一位个子不高、体态偏瘦、营养不太好的学生。进门少不了又述说了买画对他前途和人生命运的至关重要性。于是又摊开了他的这样那样的证件，况且，眼泪即将流下。我相信了他的"真实"，拿出了一张小油画，按惯例当然要涉及它的价格的，并请他参考一下网上公开的价格。他显得慌张，意思是他并无条件参考媒体上公开的价格，他东借西借，家中、朋友、同学……最后他将手指厚的一沓钱放在了桌上，说，口袋里还有两张，那是回去的车票钱。

面对这一切，你能如何？你还能让他跪在你面前大哭吗？事情已成定局，我只想到我是亏待了我那幅作品的。我把画交到他手中，说了几句祝他好运的话。学生向我告了辞。

过后，我想，我那张画假若真的能给他带来好运，也算我做了一件善事。没准儿当他几年几十年成为那座摩天大楼的主人时，也会想到铁老师的"敲门砖"吧。

谁知之后的一年多里，我不断接到一些自称学生要买画的电话。北京的、山西的、陕西的……有男有女，理由同前，口气同前，"出价"同前，我便心生疑虑。莫非我进入了一个什么"圈套"。我便有所警惕。

前几天在一个朋友家聚会，这朋友告诉我，不久前我市一个拍卖行拍画时，其中有我一张油画。我想我不曾送画入画廊啊。朋友举出了一本拍卖图录，打开一页给我看，确有。便是那位"学生"的"敲门砖"。我才恍然大悟，对这位"学生"的"求职"秘密也才彻底明白，也懂了后来另一些学生为了同一个理由左一个右一个电话的秘密。在这本图录中印制的"敲门砖"的画下，还标了一个很寒酸的价格（赚头很少），看来这"学生"是要急于出手的。显然这幅画和他说的那座摩天大楼以及摩天大楼里的老总没有任何关系，是他的一次"小倒腾"而已。

我后悔没有机会将我的画买回，若我能购回，不也是一件两全其美的事：满足了他急于出手的愿望，也挽救回了我的画。

2014年1月18日

发于《燕赵都市报》

维格兰的生命奇观

维格兰的生命奇观

二十世纪九十年代一个秋天，我从丹麦的兰讷斯，乘船穿越卡特加特海峡，去挪威首都奥斯陆。黄昏时，我和两位北欧朋友在甲板上看海聊天。当他们得知我是刚在丹麦举办过个人画展的中国画家时，便有人问我，中国画家知不知道蒙克。我说，大多人都知道。挪威画家蒙克就像挪威剧作家易卜生、作曲家格里格那样有名。马上又有人问我："那么，维格兰呢，在中国也有名吗？"我说："维格兰虽然不像易卜生、蒙克那样有名，但维格兰对于中国艺术家同样重要。"

我从丹麦来奥斯陆的原因，一半是靠了蒙克的吸引，另一半便是维格兰。

距此二十年后，我再次来到奥斯陆，却是靠了维格兰的吸引，另一半是蒙克。

挪威雕塑家古斯塔夫·维格兰几乎终生都工作在他的雕塑公园里，这座具有百组人体雕塑的公园，已被今人称作世界十大奇观之一。它以它坚定的、独特的性格，不可动摇的气度，矗立在挪威首都奥斯陆，受到越来越多的人热爱和关注。当1892年不为人知的维格兰还在巴黎学雕塑时，便向公众展示了一个有着人体群雕和喷泉的模型。他当众宣布，这模型将变成真正的雕塑安放在他的祖国奥斯陆。几位有声望的法国作家和艺术评论家马上发现，维格兰的构想可不是一般的应景点缀，并预言奥斯陆将以"雕塑之城"闻名于世。

不久维格兰将此构想（模型）在奥斯陆的工艺美术陈列馆展出，一天之内观众竟达四千余人，许多人都为这模型激动异常。为了维格兰的构想成为现实，不少人慷慨解囊，短短几个月维格兰就获得了他所需的资金，当然也包括政府的资助。

后来，维格兰在一个简陋的工作室里工作了十年，这个以喷泉为中心、和环绕它的二十棵由青铜铸成的"生命之树"雕塑群诞生了。之所以称它们为生命之树，是因为维格兰借助他理想中的"树"讲述了一个人生的连环故事。

维格兰以他丰富的想象力，把人类对生活的憧憬和向往，对生命的追问和留恋，以抒情叙事的手法展现出来。一首三部曲式的人生颂歌，被维格兰别出心裁地安排在一棵棵由青铜铸成的"生命树"上，这就更增加了人生的神秘的不可知的象征。在维格兰眼里，人生原来是如此平常却又充满着神秘的、说不尽的情致。

人诞生了，婴儿们像一群小蜜蜂缠绕在生命树上，他们充满天真和稚气，面对眼前这个全新而陌生的世界。他们身上也许还带着母体中的温暖，欢乐着自己，从"树"上落了下来。

他们长成了男孩和女孩，在树上喋喋不休地谈论着人生那不可知的秘密，好奇地扩展着自己对人生对自己身体的认知。已长成姑娘的女孩向世界飞去，却又充满惊恐。成长后，便有勇气在盘根错节的枝杈中缠绕着自己，勇敢地寻找探求。但是人毕竟是要老的，在最后一棵生命树上，是一位老妇对生命歇斯底里的留恋，她的手紧紧抓住生命树，呼号着，虽然她已觉出这一切是多么徒劳。"生命树"是一首赞美人生的颂歌，青铜也似有灵魂地为人生欢呼歌唱。但生命树又给人生增加着无尽的惆怅和悲剧色彩。人生终也没有逃出自己的忧愁、忧郁和惶惑。

十年过后，维格兰继续完整丰富他对雕塑公园的构想，这便是"人体柱"和另外三十六组花岗岩人体雕塑的诞生。

人体柱也被称作"独立柱"，由一整块十几米高的花岗岩雕成，石柱上是盘旋上升和呈下滑趋势百余个人体的交织。其中有被人帮助而上升的，也有正在下滑而希望求得救助的。相互缠绕着挤压着，也有相互的搀扶吧。直到顶端，终于有人喜气洋洋地站起来了，朝着太阳，朝着理想王国欢呼歌唱了。但是，人们面对人体柱，只能作出属于自己的一种解释。维格兰说："怎么解释都行。"一位陪我参观的挪威汉学家就说，这是人的"互相倾轧"。也有人说，站到顶端就能看到天堂。不管怎么说吧。但是人们从这根重二百六十吨的石柱上，毕竟看到了一个赤裸裸的自己，一个毫无顾忌的瞬间。这瞬间也许谁都有过，有愤懑，有奋争，有被人压迫，也有自己对别人的压迫，当然也有奋争之后的瞬间欢乐。

维格兰为完成人体柱和三十六组群雕，他和他的三名助手又花去了十三年。

与人体柱为一体的三十六座花岗岩人体雕塑，再一次歌颂了人的生命。但，维格兰在这里却改变了自己的艺术风格：不再重复生命树那样敏感而又栩栩如生的抒情诗般的样式，他采用了一种老练、稳重的表现模式。在这里，人对于生命不再是计较和惶惑，他们显得镇静、从容，一切不在话下，这是人的耐力和任劳任怨以及坦然面对世界的精神。维格兰决定把人类生活表现得更加坦诚和从容，为这一主题，他也不再用青铜做创作材料，他改弦更张用了石头，用了坚硬而冷峻的花岗岩。尽管艺术家本人把青铜运用得那样称手和熟练，青铜在他手里就像面团一样柔软可塑，但他已经发现，青铜是尊贵的，尊贵得都有些自怜了。石头却是朴素而坦诚的。他要创造一个坦诚的人类世界只能用石头。就这样，维格兰开始用石头寓意又真实"赤裸"地讲述着人类生存本身的自然，坦诚又拙笨地赞美着人类最本质最具美德的生存状态。

你看，即使两个孩子拿母亲当动物骑，母亲不也表现出"俯首甘为孺子牛"的精神吗？这才是世间所有母亲的写照。母亲的伟大或许就表现在，当孩子骑在她身上，且用发辫当绳子勒住她的嘴、脸时，母亲连肌肉都表现出一种情愿和服帖的姿态。

家庭应该坚定得像磐石模样，这磐石是靠了男女之间的情感和身体的相互铸造而成。

［挪］维格兰　母亲　石雕

爱应该是拙笨的，不应是乖巧的，拙笨得应该像泥土。少女单纯得应该像洁白的没有雕琢痕迹的石头，过多的雕琢也许就不单纯了。一个力大无比有着象征意义的男人，把一个女人嬉戏般地背负起来。作为男人也许这就是责任。另一个母亲，为女儿梳头时是那样情愿。这一切也许才是艺术家本人对人的生命存在时的希冀。维格兰在他有生之年，继续创造着他的"生命"，便是公园里五十八个桥墩上的五十八个青铜人像。在这里，维格兰又找回他的青铜时代，因为他要强调人的乐观和幽默，青铜会更加灵活吧。在这里，男人和女人不顾"形体美"的舞蹈，爸爸妈妈将儿子抛玩意儿一样抛向空中，童男、童女想哭就哭，想笑就笑。有个攥着拳头跺着脚的"哭孩儿"竟成了维格兰公园的象征。

维格兰最后一件作品是《生命车轮》，这个直径为十英尺的车轮上有七个不同年龄的男女缠绕成一个运动的圆圈。有人说这才是人生，人 —— 你和我是永远连在一起，一个轮回又一个轮回。

维格兰在政府为他拨出的工地（后来的公园）上长期闭门创作，除了妻子和几个亲近的朋友外，谢绝与他人见面。但热情的观众仍希望了解这位雕塑家的工作情况。于是1916年维格兰将自己的工作室开放了。观众每天排长队争相观看，有人看了一遍又到后面排队重看。尽管人们看到的工作室，不过是一间简陋的墙壁潮湿且长满真菌和青苔的大棚。人们也惊异地发现，连雕塑家的靴子和裤腿上也长满青苔。人们看到一个真实的维格兰就是这样劳作着，用自己的生命创造着生命。

当然一位伟大艺术家的出现，总会使人联想到他的经历乃至他艺术风格形成的因果渊源。就像音乐家勃拉姆斯①之于贝多芬②，柴可夫斯基③之于"强力集团"④。我不曾研究过维格兰在法国学画期间是否受教于罗丹，因为那个时代正是罗丹创作的辉煌时期。彼时的罗丹已经有了像《思想者》《三个牧野之神》《戴头盔者之妻子》以及为《加莱义民》所做的草稿。我想不管维格兰有没有直接受教于罗丹，但他的艺术风格的形成应该是受过这位浪漫主义雕塑家的影响，而且这影响是直接的。何况维格兰在运用青铜这种材料时也明显带着罗丹的手法，所以，不论风格的形成还是对青铜的运用都可窥见罗丹的痕迹，这些都体现在他的《生命树》上。我们从那些少男少女身上仍可发现《三个牧野之神》和《祈愿》的影子。而从那位绝望的老妇身上也可发现《戴头盔者之妻子》的印痕。尤其维格兰在运用青铜做材料时，那种活泼大胆，甚至还带出几分俏皮，都明显受了法国浪漫主义的影响。这风格只能来自罗丹，而不属于和罗丹同时代另一位雕塑家马约尔。

---

① 勃拉姆斯（1833—1897），德国浪漫主义时期作曲家。
② 贝多芬（1770—1827），欧洲古典主义时期作曲家。
③ 柴可夫斯基（1840—1893），俄罗斯作曲家、音乐教育家。
④ 强力集团，十九世纪六十年代由俄国进步的青年作曲家组成的新俄罗斯乐派，是俄罗斯民族声乐艺术创作队伍中一支主力军，代表人物为穆索尔斯基。

但是在聪明中自有主张的维格兰并没有因此而满足、止步，如果他在此止步，美术史上就不会有维格兰的名字，他的雕塑公园即使建成了，也会是一座平淡无奇的应景点缀。可见他一面做着他的《生命树》，一个全新的主题和形式已经在他脑子里

［挪］维格兰　生命树　石雕

酝酿成熟。这样，当他劳作了十年完成他的《生命树》后，也许第十一年他就开始了他的全新工作，制作他的人体柱和那三十六座群雕了。若没有早期的成熟酝酿，他下手时就不会那么肯定，那么心中有数，于是作为挪威艺术家的维格兰才诞生了。

之所以称他为挪威艺术家，因为他在塑造这一组组形象时，"家庭"也好，"爱情"也好，"母亲"也好，这一切都成了"挪威人"的事。换言之，维格兰是决心要创作出挪威这个民族的典型形象。我曾听过不少这个在历史上只有农民、渔民和海盗国家的故事，故事中都透着这个民族的

朴拙、坦诚，充满着自身特有的美德和幽默。于是维格兰借助石头这个坦诚的载体，要完成的便是他这个民族的生存状态。这里我们不妨把《生命树》上的形象和后来的群雕做比较，就会发现维格兰的良苦用心，那些依附在《生命树》上的生命，或许还是概念中的生命，而三十六组群雕却是维格兰自己民族的生命的凝聚。

历史上所有伟大的作家、艺术家都是把反映自己民族的生存状态作为前提的，他们成功之处也在于此。列宁曾说过托尔斯泰是"俄罗斯的一面镜子"。莎士比亚、巴尔扎克何尝不是英国和法国的镜子，马奈的笔下也是法兰西人，列宾是画俄罗斯人的。

假如我们再回头看维格兰手下的"母亲""家庭""爱情"和少男少女时，就会发现他们的体征、行为方式都是他的民族化身。我不敢妄议维格兰就是挪威的一面镜子，这是艺术评论家、艺术史家的事，我尚是一位画家，只是一位受过维格兰感动的画家，面对维格兰我只是有感而已。我通过维格兰的劳作，看到了生育过滋养过他的那个民族。

所幸的是，待到维格兰的创作进入第三单元 —— 桥墩上那一个个独立的雕像时，他不再重复自己，他决心体现那个民族的另一面 —— 他们的幽默、快乐和顽皮。风格的变化是一切伟大的艺术家所顾忌的。在材料运用上，他虽然又回到了青铜时代，但对待青铜他不再那样随意地一挥而就，他以一种更成熟除去多余琐碎的手法，也一扫过去受浪漫主义影响的模式，更加概括地讲述着他所热爱的那个民族，也就更加奠定了维格兰在艺术史上的地位。

我不止一次站在维格兰的《生命树》、人体柱下或桥头舞者的跟前。这时我却不再去计较什么青铜和石头，维格兰的各种风格也成了自然而然。原来这就是人生。人类是有着许多共性的，这中间也有着自己的存在。

2015 年 11 月

发于《美术》2016 年第 1 期

费逊的荣耀和悲哀

尼古拉·费逊（Nicolai lvanovich Fechin）的一生对于艺术界、对于美术史、对于观众，乃至对于他自己仍是一个难以解开的谜团。

艺术史对他的冷落始终困扰着有兴趣研究他的朋友，有许多文字概念地叙述道：是政治原因，是"移民"等原因，才使得他没有进入到艺术大家的行列，不少朋友也为此而惋惜。现在研究费逊时，这只能是众多说法中的一种。

我"认识"费逊很晚，先看到他的几幅素描，那是画在一种软质草纸上的复制品。后来我发现许多朋友认识费逊都是从他的素描复制品开始。当时我的学生问我，如果单就素描而言，谁的最好？哪些素描值得临摹借鉴？我就我对素描的有限认识回答他们：列宾、费逊、门采尔和徐悲鸿。我欣赏费逊的素描是因为他画得精准稳妥，不用问，它是酷似对象的。学生开始学画画的精准稳妥，不求花哨，不从概念入手，这也是我的一家主张。当前在关于学生画素描有着许多"全新"的主张时，在"倒腾"像与不像，哪一种更接近"艺术"时，我还是如此坚定地认为费逊的素描画得好，值得青年人学习，他画得像。当然这是就技术层面而言。如果从艺术层面而言，他借鉴荷尔拜因乃至借鉴中国画线描的主张，使他的素描也增添着可贵的艺术价值。后来我才见到费逊的几张油画印刷品。当时我在中戏教书，几位同学津津有味地传看着那几张印刷品，我才第一次见到费逊的油画。因为在我购得的那些《俄罗斯博物馆》《普希金博物馆》《特列加科夫博物馆》以及苏联十月革命四十年的画册（那画册足有十几厘米厚，路肩一般的重量）里，都没有发现费逊的名字。

面对几页费逊的有男有女的油画肖像，我想这是一位画家，一位油画家，一位天才的油画家。当时在我们的教室里，也正因为有了这几页印刷品，好像为学生学油画打开了另一方天地。

我注意到了费逊，开始关注这位画家的蛛丝马迹。二十世纪九十年代初我第一次来到费逊就读过的艺术学

院 —— 圣彼得堡列宾美术学院。有消息说，他的一张毕业创作《收卷心菜》常年在学院博物馆陈列。当我站在这张作品面前时，内心确有几分震撼。它在俄罗斯写实主义基础上，又吸收了法国印象派对于色彩的全新认识，列宾的严谨、谢洛夫的轻松自由、弗鲁拜尔的雕塑式的油画语言，最后形成了费逊式的全新油画风格。他使油画变得飞扬跋扈，不可一世。或许在俄罗斯绘画史上一种全新的油画形式出现了。难怪当《星火》杂志的编辑问到他的导师列宾"谁是当代最天才的画家"时，列宾毫不犹豫地回答道："费逊。"

我开始注意费逊，希望看到他更多的作品，但我在莫斯科、圣彼得堡走遍那些著名的美术馆和博物馆，却再未见到。但我对费逊的热情仍然没有泯灭。一次，女儿铁凝从美国访问回来说费逊曾定居在美国的一个叫陶斯的小镇，那个小镇位于美国南部的新墨西哥州。2016年，为寻找费逊，我终于来到美国新墨西哥州的小镇陶斯。

陶斯原是印第安人的聚居地，后来西班牙人来到这里开发定居，是一处至今还保留着墨西哥和西班牙那种低矮的黄土垒墙的建筑模式，低矮的墙垣屋宇散漫在一片不小的黄土地上，是一个地地道道风格独特的小镇。在这里我

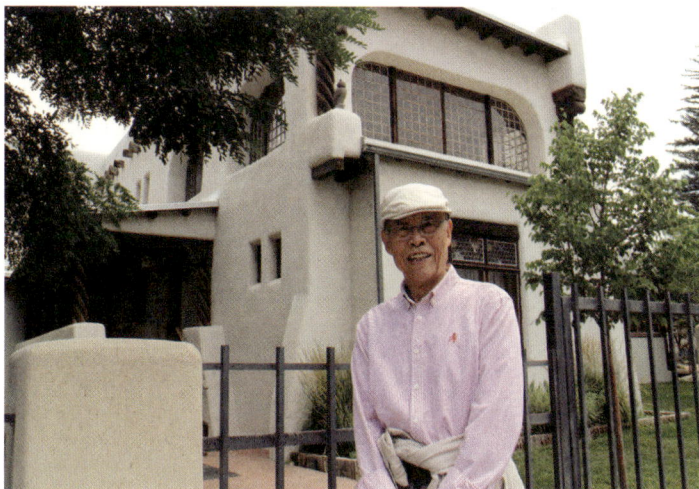

铁扬在美国陶斯镇费逊故居（摄影）

当真才看到费逊的一大批作品，一些肖像、风景和静物。它们悬挂在费逊在此定居时的一座大房子里。这所白色的、耀眼在此、鹤立鸡群般的大房子，现今是费逊博物馆，也是陶斯的博物馆。听馆中负责人介绍，费逊对这所房子亲自设计，亲自指导施工，用去了三年的时间。不仅如此，他还以俄罗斯风格木雕为摹本，对房中所有门窗木器乃至楼梯踏步都进行了雕刻，诸多雕刻的精美都令参观者驻足起敬。原来费逊的父亲就是一位俄罗斯木雕艺人，幼年的费逊就从父亲那里学到了这门手艺。费逊还以此建筑为中心，在庭院中又建造了应有的配套建筑，宛若一座俄罗斯大庄园，看来费逊是要在此颐养天年的。但他只在此居住了三年，连同他造房子用去的三年，费逊在陶斯只生活了六年，这是后话。

费逊遗留在陶斯的作品，显出潦草和心不在焉，虽不属他的上乘之作，毕竟也代表着他的艺术风格吧。但费逊在此的举动证明着他是踌躇满志的，他已经有理由有条件去完成他的踌躇满志。因为费逊在离开他的祖国赴美后，先去了纽约，当时纽约这座"花团锦簇"的大城市似乎也接纳了他。有文章称他来纽约的一年当中就开办了两次个人画展，之后他为美国人画肖像的订件也应接不暇，这奠定了他在陶斯造屋的经济基础，也为他在美国定居奠定了信心。哪知六年后当费逊因为家庭原因离开陶斯，再回到纽约时，情况大变，他在纽约中央艺术画廊两次举办画展，竟无一张作品售出。纽约人冷落了这位来自异邦他乡的费逊。这使他不得不再次离开东海岸的纽约，远赴西海岸的另一个城市洛杉矶。他只身一人在洛杉矶生活了数年，数年后他孤身一人病逝于此。在那里，他已失去了早年在祖国的荣耀，失去了初到美国的甜头，失去了陶斯时期的踌躇满志。去世时，他是一名普通美术学校的普通美术教师。好像那所学校并不是什么正规学校，因为他的授课是在他的工作室里。

费逊在美国被冷落难道是真实的？于是我在美国又开始了在那些最具权威性的博物馆中寻找，希望在那里发现他的一些蛛丝马迹。纽约大都会博物馆、芝加哥艺术学院艺术之家和一些州立的艺术场馆，哪知均未见到费逊的踪迹，而他的老乡夏加尔在这里却占着重要位置，芝加哥艺术之家内还为夏加尔设立着专馆。在纽约大都会博物馆内，一位并不为很多人所知的瑞典画家佐恩的作品被端正庄严地悬于一个重要位置。法国的维亚尔、博纳尔，北欧的蒙克、海默修依①，这些"边缘"大家也被馆方有所"照应"。这一切都证明美国人对费逊的冷淡，又何止是冷淡，连他的油画家身份也有所怀疑了。这怀疑自然也感染着我，于是2017年夏季，我带着这种怀疑又远赴费逊的家乡：俄罗斯的喀山，开始了我对费逊的再次认识。俄罗斯鞑靼斯坦共和国的喀山是他的出生地，也是他学习成长乃至施展才能的地方，我希望在那里找到正确答案。我的目标首先是他学习和工作过的学校，哪知当我和我的助理在喀山马克思大街向路人打听这个学校时，遇到的竟是该校的女教师拉古明科娃女

---

① 海默修依（1864—1916），丹麦画家。

士。她不仅把我们带到她的学校，还把我介绍给了她的校长B. M. 阿哈托维奇。7月间学校正值假期，通过学校一个个空旷的走廊，校长把我们领进他的办公室。我们的谈话主题自然还是从费逊开始。当他得知为了解费逊我曾远赴美国，现在又来到他的学校，他对我的行动也立刻显出格外的热情。校长先把挂在墙上的两幅放大的照片介绍给我，那是费逊和苏里科夫。由此可见，在俄罗斯众多画家中这是他最看重的两位了。原来目前他的学校和莫斯科苏里科夫艺术学院也保持着一定教学关系。接下来他又把悬在墙上的两幅油画习作指给我看，他怀着几分骄傲几分自得地对我说："看，费逊的。费逊四年级的习作。"

说实在的，我很难相信眼前的现实：费逊，四年级。但它又是不折不扣的费逊的四年级。这是两幅超出你想象的学生习作。为什么一个四年级的学生能把油画经营得如此地道不凡。凡是油画该有的，一个油画家该有的，画面上都有了。它地道严谨，油画的诸多元素都在其中了。由此我又找回了对费逊的信心，想到美国艺术界对费逊的那些冷落，或许存在着这样那样的偏见吧。

校长说，他把这两幅习作久久挂在他的办公室，体现了他的办学思想。费逊是这所学校的象征，他把他的像和苏里科夫并列在墙上，也早把费逊列入俄罗斯大师级的艺术家行列了。

我向校长介绍着我的陶斯之行和费逊遗留在那里的一切，不知为什么我发现他对这一切并不热情。或许他认为费逊去美国就是人生的失败，还有他那所大房子，值得吗？美国人对他的冷落那是他自找的吧。

校长阿哈托维奇避开这一话题，为我们泡了俄罗斯的红茶，还从冰箱里"变"出一个新鲜的巧克力蛋糕。我们就着茶点继续费逊的话题。总要谈到费逊离开俄国的原因的，但校长阿哈托维奇的解释和通常见于文字的解释一样：喀山冬天寒冷，温度达零下五十摄氏度；身体的原因和国内战乱的因素。他把战乱说得很含糊，至于什么性质的战乱，谁和谁的开战，难道一个艺术家为避开这战乱非要躲到一个与俄罗斯对立的国家吗？当时他的导师们如列宾不是还在这个战乱的祖国吗？这个时常纠缠我的谜团仍然没有因校长的解释而解开。我们避开这一话题，开始在一张地图上研究去鞑靼斯坦共和国国家博物馆的路线，因为费逊的作品大部分都陈列在那里。他的除《收卷心菜》以外的两幅大型油画《泼水》和《屠宰场》也被陈列在那里。

鞑靼斯坦共和国国家博物馆位于该市的克里姆林宫内。

第二天我们来到这里，果然看到了一个作为俄罗斯艺术家费逊一批最为重要的作品，包括最著名的肖像画《薇拉·阿多拉特斯卡娅》《画家父亲肖像》。在这里，我竟然还看到了他离开俄国前为列宁所画的肖像。

果然这是研究费逊的一个好去处。站在费逊的画前，对艺术再无动于衷的人也会"有动于衷"的。那些肖像人物犀利的眼光，那些活泼有趣的笔触、"刀触"，那些不拘小节的颜色的释放所充斥起画面的张力，足以使你在这个艺术世界里驰骋一阵。如果有饱尝眼福这句话，你确实在饱尝着眼福。

但是爱挑剔的观众（我）在欣赏一种艺术形式时，总还会想到艺术形式的另一种，肖像画难道只此一种吗？肖像画只是这些犀利的眼神，自由的笔触，大胆的色彩设置吗？他们还希望看到这些人是谁（这个"谁"已不是标签上标出的那个符号），他们在想什么，从他们的民族属性中还希望看到一个民族的文化特征和生存状态。这时我站在费逊的肖像画前突然想到克拉姆斯柯依①、别洛夫②和他们笔下的陀思妥耶夫斯基、托尔斯泰，那些俄罗斯画家画

---

① 克拉姆斯柯依（1837—1887），俄国巡回展览派代表画家。
② 别洛夫（1834—1882），俄国巡回展览派代表画家。

的俄罗斯人。从陀思妥耶夫斯基的脸上，我看到的是他为俄罗斯的命运在思考；从托尔斯泰的表情里，我也看到他的文学主张在扩展。对一种新制度的渴望。即使是谢洛夫①那张《女孩和桃子》，我们看到的也是俄罗斯的空气，一个战乱的多灾多难的俄罗斯，需要这样安静平妥的空气。何况克拉姆斯柯依和谢洛夫们没有把油画摆弄得如此飞扬，画面上的一切都是稳妥安生的。

那年我在丹麦，还寻找过另一位肖像画家海默修依的足迹，他专为他家的门窗画像，几个门、几个窗子、几缕射进屋中的阳光……如果有人的话，那是他妻子的背（应该是妻子的脖颈）。就油画而言，在他的画面上不见笔触，不见飞扬的颜色，只有他眼中的门窗和他妻子的后脖颈。但我就是从那门那窗那阳光那女人的后脖颈所形成的意境中看到了北欧人的生存状态。

当你在那些知名的美术馆、博物馆中发现海默修依画幅不大却"安生"的作品时，总要驻足留恋片刻。你不自觉地还屏住了呼吸。

费逊和海默修依显然是两个肖像画家的极端，但海默

① 谢洛夫（1865—1911），俄国著名肖像画家。

修伊被一些大博物馆接纳着，我倒觉得大都会也应该接受克拉姆斯柯依和谢洛夫。

"民族的才是世界的。"这句话已通过费逊的老乡夏加尔得到了证实。这位俄籍艺术家至今还闪动着耀眼的光芒。因为他人虽远离祖国，但他的思绪还是俄罗斯，还是他的家乡"维捷布斯克镇"，画中的牛、羊、人、建筑都是俄罗斯，人们通过夏加尔是可以认识俄罗斯的。

我们再来研究费逊的大型油画《泼水》和《屠宰场》。有文章称，这是费逊的"未完成式"作品，是一种"未完成形式"。我倒觉得这体现出费逊在驾驭大幅作品时的力不从心。由于这些作品的立意模糊和构图的草率，形式也就难以把握，画家就显得无计可施。2016年我在纽约大都会博物馆别馆里倒看到过另一些艺术大家的未完成的绘画作品，这包括了克里姆特、凡·高、毕加索等。未完成作品就是未完成的作品，谁也没有把它作为一种"形式"对待。

当我站在费逊的列宁肖像前，还想起在一个什么地方看到的他为马克思画的肖像。这时我好像找到了费逊远离祖国赴美国的原因：1917年十月革命"一声炮响"之后，那是费逊和那个时代的不协调，这两幅创作于1922年和

1923年的领袖像体现着他对那个时代的应付和无奈：列宁
的脑门像个扣着的水瓢，僵硬的坐姿也显出费逊对列宁的
无法摆布，失去了他摆模特儿姿势的游刃有余的天赋。而
马克思好像一位站立着的空洞的纸扎人。这和当时苏联那
一代画家格拉西莫夫们所创造出的列宁和其他领袖肖像就

形成了鲜明对比。至于诸多文字说到的战乱，那是无产阶级和资产阶级之间的战乱，是革命，是"一个阶级推翻另一个阶级的革命"。费逊或许已觉出面对苏维埃政权自己的无所事事，于是他要远离祖国。也为美国为什么要接受他，找出了一条思路。

费逊是通过何种办法远赴美国的，又如何得到美国给他的签证，仍无任何记载。而那时一些持不同政见的作家，如索尔仁尼琴正在遭受被流放远东的待遇。而诗人阿赫玛托娃也因政见不同被作家协会除名。

本文最后还要回到费逊被美国接纳又被冷落的原因，我想还是因了艺术本身。我又想到"民族的就是世界的"这句话，我又想到他的老乡夏加尔。原来当人们从一个艺术家的作品里再也看不到他的民族，看不到他的民族生存状态时，他很快就会被人忘记。单凭画中那些或"飞扬"着的或"深沉"的技法是很难留住其艺术生命的。

世界上有个热爱费逊的圈子，但这个圈子毕竟存在于部分业内人士和一些年轻学子当中。但无论如何费逊是位画家。当阿哈托维奇为我介绍费逊四年级的习作时，我就更坚定了这个信念，他还是一位有天分的早熟的画家。

我偶然看到晚年的费逊躺在洛杉矶家中廊下的一张照

片，也是他最后一张照片，他只身一人斜躺在一个木床上强打精神做出欢笑状。我心中不禁一阵凄楚。那姿势酷似弘一法师李叔同圆寂前为自己摆下的一个姿势，还有弘一法师留给后人的四个字：悲欣交集。

2017年2月

发于《美术》2017年第12期

铁扬在喀山费逊就读过的美术学校（摄影）2017年

莫奈的湖

少年时我在冀中抗日根据地，那里的少年命运早已和那场旷日持久的战争联系在一起。我唯一的姐姐刚过少年就到冀西一个深山沟里学做火药了。若没有战争，火药怎能和一个少女联系在一起？听她回忆说，她在那个敌后兵工厂把做火药必不可少的原料硫酸从农用水缸里倒来倒去，竟然还想到过把我也弄到那里去倒腾硫酸，由于敌机的不断轰炸才使她打消了这个念头。后来，她成了新中国第一代坦克制造者。

大约就在她所在的工厂遭到轰炸时，我在家乡的抗日小学已有着另外的兴趣：当时有位姓柳的先生担负着这学校的所有课程，也包括了美术。

县城解放后，柳先生调县民众教育馆（现今文化馆的前身吧）。那里集中了县里一班"文人"，柳先生由于工作性质的变故，不再按自己的意愿画菊，只临摹报刊上的漫画，宣传画作展览用。有次我去看他，他房间新挂出一张列宁的油画印刷像：列宁手指前方在作演说，他周围尽是猎猎红旗。这便是苏联画家格拉西莫夫的《列宁在讲坛上》。这是我第一次看到油画，竟觉出前所未有的新奇。我便向柳先生提出一些关于油画的问题。但我发现这位在农村自学成才的画师，对于油画并不内行，比如他怎么也解释不清油画原作和印刷品的关系。我猜他是不曾见过油画原作的。

柳先生对于油画的解释，却成了我的油画"基础"。我就是凭着这基础正式进入艺术界的。

此后，过了五年，我考入中央戏剧学院舞台美术系。同学中对于油画在行的大有人在。在这里我刚刚见到中国第一代油画家的原作时，同学中已经有人在谈论高更和凡·高了。

大学一年级开始我便在班上结交了一位名叫程珣的朋友，少年时他有着和我完全不同的经历，在我跟柳先生学画菊时，他已在胶东的海滨城市青岛用狗牌英国油画颜料对着青岛多雾的海滨写生了。在班上，他见解独到，成绩也总是处于领先地位。我们在野外写生时，他后面常围坐几位敬慕他的男生女生，一笔笔暗自学着他的画风。他不时停住笔，却不谈他的画本身，而大谈法国后期印象主义。那时中国的艺术教育正在坚决地推行苏联写实主义，而后期印象主义正作为一种资产阶级没落艺术遭到批判。然而程珣不管这些，仍旧在推崇宣传那些创造"没落"的人。在这群人中他最为推崇的当数莫奈，而对于莫奈的作品他最为推崇的当是一些画"湖"的作品。

之后，我也开始注重莫奈的画，觉得当时一切都在以苏联写实主义为基准的艺术教学里，莫奈境界是全新的。

柳先生指给我的《列宁在讲坛上》是我艺术道路上的起点，程珣为我指出的莫奈的"湖"，以及我从此接触的一批后期印象派画家的作品，便是我艺术道路上的又一个起点。

1991年秋天，我在丹麦兰讷斯的画展结束后，应挪威汉学家易德波女士的约请，从丹麦乘船穿过卡特加特海峡去挪威的奥斯陆。易德波开车把我从码头接到家中，已是下午五点。我们稍事休息后，易德波和她的丈夫皮尔——一位妇产科专家，一定要立即陪我去奥斯陆郊外散步。于是皮尔开车，我们便朝着郊外的一片森林驶去。东行四五十分钟后，我们在一片森林附近下车步行着朝林中进发。此刻已是黄昏，皮尔在前引路，我和易德波踏着凹凸不平的林间小路及树枝刚落下的败叶紧随其后。说实在的，经过一天一夜长途旅行的我，对这次"散步"已是力不从心，加之天色已晚，道路曲折，步履就更带出些被动。而年近五十岁的易德波对于丈夫急行军般的步速，跟起来也有些吃力。然而皮尔在前手持一电筒只是大步向前，败叶在他脚下发出的声响节奏格外坚定而明确。后来我才得知挪威人酷爱走路，每到星期天，常常是全家出动，肩背行囊，腰系锐刀，或爬山或采野果，在郊外一走一天。我在奥斯陆的日子里，也跟易德波一家几次外出，有一次竟像红军长征似的走过四小时的沼泽草地，双腿几经陷至其中，没到膝盖而不能自拔。

那天，经过近一小时的"急行军"，我们终于在一个湖边停住脚步，湖岸边丛生着齐腰高的水草，方圆大约一公里吧。湖的一面有座不高的山，山下有木桥。其余三面均被黑压压的树林包围。人的脚步所到之处便有小动物从水草中跳入水中，大概是青蛙。

皮尔停住脚，显出兴奋地和易德波用挪威语交谈起来，然后便请易德波问我对这里印象如何。平心而论，我对此地印象实在一般。这种地方在中国也不少，若不是湖的那边有山，三面有林，这不就是北京的八一湖吗？当然对于平静如镜的水面和少有的新鲜空气，我还是感到许多惬意。山上别墅里阔大的窗子、窗内温馨的灯光以及正围在桌边或进餐或饮茶聊天的异乡人却告知我，我正身在异乡。于是我通过易德波对皮尔说，这无疑是个好地方，我很感谢皮尔，我到奥斯陆的第一天他就不辞辛苦地陪我到这里来散步。皮尔说，他听了我的话才放心下来，又说，若是夏天我就会看见湖里盛开的睡莲，当初莫奈和马奈曾结伴来这里，莫奈就是坐在我们站立的这个地方画过这湖和湖中的睡莲。我猛醒般地问皮尔，那是不是1910年，莫奈和马奈由一位叫"邦"的丹麦作家陪同？熟悉艺术史的皮尔说，是的，那是1910年，莫奈和马奈就住在对面那座小山上，那山叫柯尔索斯山，山下的桥叫萨位卡桥。他们经常通过这桥到湖边来作画，萨位卡桥也是他们的写生对象。

莫奈的《湖》，原来这就是莫奈的"湖"。莫奈一生画过许多湖，也许就是从此得到灵感开始的。看来这是皮尔早已谋划好的一个主意：他要用莫奈的湖来欢迎一位中国画家的到来。而我刚才对皮尔的感谢，现在才成了真正的感谢。

［法］莫奈　柯尔索斯山和萨位卡桥　油画

　　夜使我们面前的柯尔索斯山和身后的森林模糊起来。湖水更加明亮，山上别墅里灯光下的人也更加清晰。我胡乱猜测着莫奈和他的朋友马奈住在哪座房子里。他们就像随时都会通过萨位卡桥来到湖边。

　　回来的路当然更艰辛，我只是一路走一路想，无论如何我是目睹过莫奈的湖了。

　　在奥斯陆的日子里，我又几次通过萨位卡桥去柯尔索斯山下的一个小镇，镇子虽小，但满足了人们生活的各种需求。除了各类商店和能帮你奔向世界各地的旅行社，街里还有几个南美人摆设的小摊，摊上有南美风格的工艺品。但因了我的行程安排，我却再没有拐进那座森林去寻找莫奈的湖。

我就是从柯尔索斯山下买到回国机票的。在奥斯陆期间，发生在柯尔索斯山下一连串的事，我本应是终生难忘的。我也几次同友人谈到过黄昏中莫奈的湖给予我的一切记忆，但仔细想来那又是什么呢？铭记在我脑海中的湖却总不是这湖本身。我一直想就这个问题和我的朋友程珣探讨。可时隔两年，我终没有机会同他见面。由于命运对他的捉弄，当年这个才华横溢的青年早已离开了画界，从二十世纪七十年代起他就在他的海滨城市青岛做起了"寓公"。但我相信，只要我们能相见，莫奈的湖一定又能成为我们谈不尽的话题，虽然他每次来信都声称他离艺术已经遥远。我深信莫奈的湖既在我心中敞开着，也在程珣的心中敞开着。现在见过那湖的本是我，但却又觉得湖在程珣的心中仍然比我心中的要更精彩。

1993 年 11 月 20 日

1995 年发于《美文》

劳动者 —— 米勒

　　童年时，我的家乡赵县城内有一座由瑞典牧师主持的基督教堂。远看去，它那黄土围墙、几间高出围墙的平顶屋宇和一处农家大院没什么两样。然而，由院内传出的布道声、唱诗声以及由此散发出的宗教文字、西洋绘画的印刷品，却成了这一方的独特文化现象。于是我家也贴出了两张西洋绘画，一张是三个弯腰拾麦穗的女人，另一张是两位在田地站立着的农民夫妇。童年的我站在它们面前，常觉出它们的神秘。许多年过后，我在大学学习美术史时，才得知这是法国画家米勒的名画，前一幅叫《拾穗》，后一幅叫《晚钟》。其实它和宗教并没有直接关系，是宗教借助了名画的氛围，用来丰富自己的传教形式。

　　我看到这些原作又是几十年之后的事，那是在巴黎的奥赛博物馆。

巴黎的奥赛博物馆专门收藏欧洲近现代作品，它和专门收藏古典主义艺术的卢浮宫和专门收藏现代艺术的蓬皮杜美术馆成三足鼎立之势。我对米勒有着特殊感情，不仅在于童年时那些画作给我的印象，更重要的是米勒把自己作为劳动者的一生使我深受触动。其作品歌颂的也是劳动者：那些弯腰拾穗的女人、荷锄而立的农民以及牧羊女、纺线女、荷柴者……米勒说：我的人生信条就是劳动，每个人要受肉体上的刑罚，命里注定不能逃脱，你必须汗流满面才得糊口。

劳动者总是要受尊敬的。我常把劳动者称作手艺人，手艺人不同于哲人。有不少朋友问我，劳动者（手艺人）有哪些特征时，我说大约有三个，首先他必须有清贫意识；其次他的劳动要有"量"；此外，他还得有一个作坊，画家的可以叫画室，作家的可以叫书房。

作为劳动者的画家米勒无疑是具备这三个特征的。米勒的清贫不仅是意识中的清贫，他终生也没有使自己的生活宽绰起来，即使他已是名画家，在画他的名画《晚钟》时。他在同一位朋友写信时说："我们一家只剩下两三天的薪粮，除此之外，没有任何收入的希望。我的妻子下月要生产，可是我们身边空无一物。"两年前他在画另外一张名画《拾穗》时，也是过着同样的生活。他在给朋友的信中写道："如何才能赚到房租呢？此外，还有比这更重要的，就是一日三餐都让孩子吃饱。"

然而越是如此，米勒就越是不停地劳作，他画油画、画素描、画水彩画……其数量都是惊人的。这在米勒同时代的画家中，作画数量是很少有人能同他比拟的。说到米勒的作坊，除去他在家乡度过的童年和在巴黎求学的年月，他一直身居在一个叫巴比松农村的作坊里，生活劳作达二十七个年头，直到他六十一岁逝世。然而那是一个怎样的作坊，是一间低矮的农家石屋，画室只有一个窗户……但米勒喜欢这里，这里的村民和风景给了他创作灵感。他说，在这里"能忠实地画出亲眼看到的农民生活情景"。

然而，清贫还是伴随了米勒一生，虽然米勒也希望通过他的那幅作品《晚钟》给他带来好运。在作品尚未完成的时候，他自信这将是一幅杰作，他"狠了狠心"，希望它能卖出两千法郎，虽然这是一个很可怜的要价。后来在沙龙展出时，一个比利时人以七十二英镑将它买下，这就大大低了米勒的期望值。后来《晚钟》在比利时几易其主，价钱升至三万法郎。德法战争时，《晚钟》又从比利时辗转到英国，然后再几经易手，又被法国人买回，价格已升至一万二千英镑。后来，美国的石油大亨洛克菲勒注意到了《晚钟》，于是一场拍卖竞价开始了，在一次交易会上，价钱升至四十五万一千法郎时，买主只剩下法国的官方代表和那位美国人。当价钱升到五十万六千法郎时，美国人踌躇了。谁知法国政府却拿不出钱，《晚钟》还是被美国人带走了。

《晚钟》在美国展出半年，最终还是被一位叫乔治的法国人以三万两千英镑（约八十万七千法郎）买回。至此，《晚钟》才又回到米勒的故乡——法国。

米勒只知道《晚钟》是他的杰作，但后来那几场竞争拍卖已是他逝世以后四十年的事。

落日的余晖正洒向大地，在远离农村的旷野，一对夫妻正在挖土豆。这时远处教堂响起晚祈的钟声，钟声漫过田野，传到这对夫妻的耳中，他们立即停下手中的活计，双手合拢握在胸前：一片虔诚圣化的田野，两颗虔诚圣化的心灵……

在巴黎的奥赛博物馆面对米勒的《晚钟》，我又想到我的童年，原来瑞典牧师把《晚钟》作为宗教的宣传品，是有道理的。

　　我面对《晚钟》静听着远处的钟声，心想，有了钟声的伴随，你真的觉出这才满足了米勒赞美劳动最好的心愿。有了钟声的伴随，劳动纯洁了，劳动神圣了。

2014年2月8日发于《燕赵都市报》

［法］米勒　晚钟　油画

寻找诺尔德

　　二十二年前的1991年，我作为中国艺术家第一次走出国门，去举办我的个人画展，目的地是遥远的丹麦。在路上途经正在变革的苏联，行程达半月之久。我去的地方是丹麦的兰讷斯市，这是位于丹麦日德兰半岛的一个中等城市。兰讷斯美术馆也是该市唯一的一所公立美术馆。馆长麦蒂·采拉女士是丹麦著名的艺术评论家，我们在一起愉快地度过了十几天。分别时采拉为我准备了两件礼物，一件是北欧人特有的为茶壶保暖用的茶壶套，另一件是一本薄薄的巴掌大的旧画册，它只有二十几个页码。然而采拉告诉我这是她很珍惜的画册，作者叫诺尔德。

　　说实在的，诺尔德是我非常陌生的一位画家。先前，由于我们国门闭塞，中国画家对世界的了解还是有限的。

我接过画册回到住处翻看，为数不多的几幅静物和风景画却能引起人的激动和兴奋。我也才了解到采拉赠我这本画册的原因。

回国后，我了解到诺尔德（1867—1956）是德国人，一位表现主义画家。后来我又零散地见到他为数不多的几幅画作印刷品，却始终没有机会看到他的原作。于是了解这位画家，欣赏他的原作成了我由来已久的愿望。

二十二年后的2013年，我再赴丹麦和采拉见面，这时的采拉已离开兰讷斯定居丹麦首都哥本哈根。在相处的几天里，谈论艺术、参观哥本哈根的美术馆，仍然是我们最感兴趣的一件事。分别时，她和她的先生在自家的园子里为我们做着烤肉，采拉问我："为什么不在哥本哈根多留几天?"我对她说："我的行程已定，下一站将是德国柏林。"这时采拉突然脱口而出说："去看诺尔德?"原来诺尔德情结仍然在采拉心中延续着。当然去柏林寻找诺尔德也确是我的旅行计划之一。因此，一个寻找诺尔德的计划并没有使我们这次的分别存有什么遗憾。

德国艺术家诺尔德不及德国另外一些大师的名字那样显赫，如贝多芬，如勃拉姆斯，但德国人依然像热爱贝多芬、勃拉姆斯那样热爱着诺尔德。当然，在柏林寻找诺尔德的人并不那么踊跃，这给我们寻找他带来了一定的麻烦。我们在"网上""网下"四处"打听"，后来在柏林一条叫"加戈尔"的街上，才终于找到属于诺尔德个人的美术馆。说是美术馆，实际它是一座公寓楼里的一部分，若不是门前清楚地标明"加戈尔街55号"，你一定会错过去。

和欧洲那些名声显赫的大馆相比，它没有恢宏的气派，但在这个两层和多个展厅的美术馆内，却陈列着诺尔德一生所创作的大部分原作。主持人还巧妙地把一些原作的创作过程还原出来：许多画幅前都陈列着画家作画时用过的道具和作为"模特儿"用的玩偶人形，甚至还不乏画家写生的环境照片。这便增加了画家与观众的亲近感。馆内观众不多，但他们看画看得安生专注，有的还带出研究者的气质。

原来诺尔德是一位对一些"小对象"充满大激情的画家，而他的激情不是凭空而来，不是一时的心血来潮自我陶醉的呓语，他是有感而发后的心灵萌动，是对小物件的大声赞美。他用颜色说话，用凝练而壮丽的形象说话：几朵司空见惯的红花、一块一闪即逝的乌云、一只玩偶的俏皮经过诺尔德的"经营"也足能使你心潮澎湃。他提醒你，热爱生活吧，不要放弃生活中任何一个美好的瞬间。这就是诺尔德作画的主张吧。不大的美术馆显然成了一座激情燃烧的大厅。

一楼大厅是美术馆的服务大厅和商品部，几位衣着庄重的女士在精心地管理着它，这里陈列着画家种类繁多的作品复制品和印制精美的画册。为数不多的观众在安静地挑选自己的所需。受了诺尔德原作的感染，谁都会在此流连忘返的，谁都不会空手走出展厅，虽然观众购买价格不菲的印刷品是很慎重的。走出美术馆，我仍在研究着采拉那样热爱诺尔德的原因，想到二十二年前她为我的画展所写的评论。采拉女士看重的便是有感而发，她反对闭门造车、无病呻吟，但她又反对那些面对自然的无动于衷。她写道：在我们的艺术世界，人们往往过于追求"新意"创造，甚至错误地把一些激进当作眼前的主要倾向，而忽略了那些看似非主流却蕴含着真正艺术本质的作品。一些看似非主流却蕴含着真正艺术本质的作品也是我所看重和追求的。我带着几张诺尔德的画作印刷品回到中国。我购买印刷品向来也是很慎重的。在遥远的中国，我和采拉通话时说："在柏林我找到了诺尔德。"

2013年7月

〔德〕 诺尔德　秋天的光芒　油画

寻找海默修依

二十世纪五十年代，我在大学读书，在苏联的教学模式中学习绘画。那时我们学生的眼界狭窄，加上政治对你的要求，你必须坚定地认为只有苏联写实主义艺术才是世界上唯一的、健康的、进步的、向上的艺术。除此之外，一切艺术都是颓废的、没落的、不可救药的。在苏联的权威词典《苏联大百科全书》中也开宗明义地写着：法国印象主义就是颓废的资产阶级艺术。至于法国印象主义到底什么模样谁知道。后来我毕业，十多年后中国进入一个全新的时期，国人不再把印象主义作为颓废艺术来看待，印象主义的绘画也漂洋过海来到中国。但由于历史影响，国人了解外部世界还是有限的，比如北欧的艺术。

1991年，我作为中国艺术家第一次走出国门去举办展览，在丹麦"认识"了北欧的几位画家，一位是丹麦的柯布克，另一位便是海默修依。我是在丹麦兰讷斯美术馆看到这两位画家的作品的。面对两位画家为数不多的几幅作品，我一时有些茫然，好像失去了看另外一些经典作品时的激动。我一时觉得，艺术简直太神秘了，它在调动你的感觉、感情时，是那么不可思议。尤其海默修依到底给了你什么，一时虽然说不准，但你的心绪稳定了，你的眼前辽阔了，你的眼前突然和客观中的外部世界脱节了。也许你还会想到音乐，想到天空，想到海洋，想到阳光，想到一种旋律，舒伯特吧。其实你面对的就是一两扇关着或开着的门，就是一个背影对着你的女人。

在兰讷斯这个不大的美术馆内，就收藏着代表海默修依风格的《年轻女人的背影》。

威尔汉姆·海默修依，1864年出生于丹麦一个中产阶级家庭，他八岁开始学习绘画，十五岁入丹麦皇家艺术学院，1891年二十七岁的他和伊达结婚，定居于哥本哈根。1898年他和伊达搬进哥本哈根斯特兰格德大街30号的一所老房子里。原来，就是这幢有着十七世纪荷兰风格的古老住宅，给了海默修依创作灵感，也形成了他的艺术风格。他在这座房子里画房子的门窗，画房子里的阳光，画在阳

［丹］海默修依　年轻女人的背影　油画

光中升腾起的灰尘，画自己家中有限的几件陈设和餐具，当然，还有和他一起在这所房子里生活的一个女人 —— 他的妻子伊达。他曾经说："我喜欢老房子、陈旧的东西、老家具，以及这些东西散发出的特殊氛围。"在这个拥有特殊氛围的环境中，他连续作画六十余次。

海默修依的时代正是法国印象主义、德国表现主义活跃的时代。海默修依也曾去法国旅行，作品受到过马奈和德加的影响，但很快他就改弦更张，重新回到和妻子一起居住的那幢老房子里，开始日复一日、年复一年的描写。在这个他熟悉的环境里，总会有新的发现，赋予那些看似死气沉沉的物体以生命，妻子伊达也显出谜一样的神秘。

每一位画家的成功，都是靠了属于自己风格的确立，都是找到了自己。

海默修依是一位生性内向的人，他比较害羞，离群索居，不善于与人交谈，从不参加画展的开幕式，即使德国著名画家诺尔德登门拜访，诺尔德也表示，"他的隐居很使我吃惊"。

诺尔德还表示，"和海默修依交谈是一件非常困难的事"。

海默修依自有自己的内心世界，也许他意识到画家一生中所需的东西太少了，有一幢老房子和一位安静温柔的妻子不是就足够了吗？他不厌其烦地对身处老环境中的妻子的描写，就是证明。妻子的一个瞬间，一个手势，一束阳光的照射，都像一个谜团。她在做什么，她在想什么，画家把谜底留给了观众。他传达给你的只是寂寞感，是人在思绪中的消逝。也许还有门的凝视、窗户的呼吸、餐

具的哀愁、一束阳光的低吟。还有什么，还有钢琴的静
听吧……

面对这些，你总有几分生命中的茫然，就像我在文章
开始说的那样，茫然就是一瞬间思绪的消失吧。

海默修侬的悲剧在于他的风格形成后，并没有被社会
认可，即使哥本哈根美术馆的几件藏品，也被馆方无情地
退还给他，但历史总会把一个成功的、与众不同的画家推
向高峰的。直到二十世纪末，海默修侬才被"高调"捧出。
显然当今社会给人带来的浮躁和喧闹只有当人面对海默修
侬时，才能平静吧。寻找平静，已经成了当今地球人的"奢
侈"吧。

2013年，我也才想到再来哥本哈根寻找海默修侬，在
博物馆终于看到了海默修侬的大量作品。但当我寻找他那
个位于斯特兰格德大街30号的旧房子时，也许是我记错了
地址，错过了那座房子，只面对他画过的湖边和几个老建
筑徘徊良久。

2013年12月

234

铁扬在海默修侬故居前（摄影）

特列加科夫为什么

　　特列加科夫站在自家门前，紧抱双肩，静等客人的来访。他体态消瘦，面容清癯，但神情自若，目光专注。这是一尊花岗岩的雕像。他自家的门内现今已是举世闻名的莫斯科特列加科夫画廊，今天它已成了来俄罗斯旅行者的重要去处。来这里参观访问者，除了艺术家或对艺术怀着浓厚兴趣的人，也有一些对艺术并无兴趣的集体旅行者被导游引荐至此。于是，进入馆内的观众，总是大有人满为患之势。

　　2013年的夏天，我第三次来特列加科夫画廊参观。经过三个小时的参观已近中午，我和助理小李在门前一家咖啡馆喝咖啡时，遇到一对中年夫妇，他们来自中国。也是从这座画廊走出来的游客，由于对馆内缺乏兴趣才提前走出来，而他们的同伴正在馆内耐心地参观。他们的等待显得很焦急，想要杯咖啡解闷又不懂外语，于是便请小李替他们点了咖啡喝起来。

我向他们简单介绍了馆内内容，说明来此参观是值得的，他们这才显得安定下来，也不再抱怨同伴们看展览的耐心。这时我也才想到高雅的、具有人民性的艺术总会使一些人产生兴趣的，进门时也许你尚是一名欣赏艺术的门外汉，出门时或许你就是一位欣赏艺术的"专门家"了。这就是高雅的、具人民性的艺术魅力所在。

这座特列加科夫画廊，便是以门前那位站立的主人命名的。说是画廊，实际是一座颇具规模的美术馆，馆内陈列着十八到十九世纪俄国优秀艺术家的大量艺术作品，其中"巡回展览派"的作品又占了大部分。

巡回展览派是俄国十九世纪的一个颇具影响力的艺术团体。他们受俄国革命民主主义的影响，站在人民的立场上，为劳动人民呐喊，鞭挞沙皇俄国的黑暗统治，歌颂俄国美丽的大自然，成为俄国那个时代的主流艺术。画家包括了早已被国人熟悉的列宾、苏里科夫、希施金等大师。这个体现着进步思想的团体，从成立时起就决心植根于人民中，作品曾在俄国巡回展览达五十几次，为俄国的进步潮流起到了推波助澜的作用。

特列加科夫是一位富有的商人，他很早就注意到这批艺术家的行动，立志要为民族的进步艺术做点什么。于是从巡回展览派活动开始，他就慷慨解囊为画家的创作创造条件，并对他们的作品进行大规模的收藏。这就为后来以他的名字命名的画廊打下了基础。在他逝世前的1892年，他把全部收藏赠予他的故乡莫斯科。今天这座画廊，就是以他的捐赠为基础而建立的，馆址就是由他的寓所扩建而成。目前，这座外形朴素的两层展览馆里面却是一座名副其实的艺术宝库，巡回展览派的大部分作品都陈列在这里，像列宾的《不期而至》和一些著名的肖像画，苏里科夫的《近卫军临刑前的早晨》，风景画家希施金、列维坦的许多风景画也都在此陈列。当然，特列加科夫也照应到了十八世纪以及更早带有民俗色彩的俄罗斯绘画，如费多托夫、勃留罗夫等人的作品。

然而，有时我在另一些国家和艺术家朋友聊天，他们总不把俄罗斯艺术放在眼里。有时你翻看世界美术史时，俄罗斯艺术也总被排斥出艺术发展的主流，他们过多地强调艺术本体。我想这些朋友或编著者在谈论艺术的本体时，无论如何是忽略了艺术的社会层面的。再说谈论艺术本体脱离了社会基础，艺术就会变得虚无、不可捉摸。现在当你安静而客观地身处俄罗斯那些美术馆，尤其像特列加科夫美术馆时，你就会发现艺术对人的潜移默化的作用。俄罗斯画家对于人类历史进程功过的发现和形象的塑造，才是他们顽强存在的原因。这时你才会觉出艺术家的才智、聪慧以及他们手下的"活儿"才是最真实最具价值的。

特列加科夫为什么？他的收藏、捐赠、陈列，也许就是为了把那一批艺术家的才智、聪慧和由此产生的他们手下的活儿决心做集中展示，这是对一个民族的大爱，也是他本人和那批艺术家的人性的证明吧。

我和两位中国朋友喝着咖啡，简要地说着特列加科夫，两位中国朋友竟表示出提前退场的遗憾，并表示将再次进馆参观。我则更庆幸他们的伙伴仍在馆内受着列宾、苏里科夫的感动。

特列加科夫为什么？他总是希望有更多的人去受列宾、苏里科夫们的感动吧。他正站在自家门前，思考着、计算着今天从他眼前走进过多少观众。

2016 年 12 月

莫斯科特列加科夫画廊　速写

我的人生与艺术

作家、艺术家的感觉、逻辑和劳动

—— 在河北省作协青年作家读书班上的演讲摘要

作为画家，我是一个职业画家；作为读者，可以说我也是一个专业读者，因为这个专业没有尺度啊。我作为在河北省成长起来的画家，关注河北文学已经有几代作者了，现在诸位可以说又是全新的一代，给河北省文学发展又带来了新的希望。现在，中国的文学艺术在世界上到底走到什么地方了？应该说这些年我们的形势是大好的，特别是新时期以来，有这样好的机遇，给我们提供了好的条件，确实是有大发展的。不管文学还是艺术都已经走向世界了。但是，我和国外一些朋友聊天时，他们对我们的文学艺术总要提出些不同的看法。这是为什么呢？他们讲了一个道理，说：我们从你们的文学作品或艺术作品里看不到中国人，看不到中华民族的生存状态。这个问题很值得大家深思。这个生存状态是什么呢？我后来想了想，不是你的服饰、你的生活习惯，它应该包括我们的社会结构、我们的历史背景、我们的经济基础、我们的文化积淀和我们的道德观等，当然里面也有风俗习惯。

我们常把一些大作家、大艺术家叫大师，他们怎么了，我们为什么这样称谓他们？他们给世界、给人类，到底留下了什么东西？是他们很准确地把一个民族的生存状态留给了历史，留给了世界。就拿中国而言，四大名著为什么成为四大名著呢？是作家的描写技巧吗？是作家的文字功力吗？当然不是。它留给我们的是一群中国人，中国人的智慧、聪明、心机、打算，一切一切。比方说刘备、关公、周瑜、诸葛亮 —— 中国人。宋江也好，高俅也好 —— 中国人，唐僧，中国人，孙悟空是个中国猴子，猪八戒是个中国的猪。桃园三结义，不求同年同月同日生，但求同年同月同日死。这个誓言是个中国式的誓言。诸葛亮能把一个周瑜气死，都是中国人特有的性格。连《聊斋》里的狐狸都是中国式的。那些狐狸和人类连亲的特征，都是中国式的思维。

我有个外国汉学家朋友，她过去研究解放区文学，后来开始翻译《金瓶梅》。我问她为什么不研究解放区文学了，她说，她要研究中国人，让外国人看中国人的生存状态。也许她从现当代文学中很难看到那个生存状态的真实吧。我们从中国及世界一切优秀的传世的绘画中，也都会清晰地看到。五代时的人物画《韩熙载夜宴图》、俄国列宾的《伏尔加河上的纤夫》。前者是一群中国人的聚会，后者是一群俄罗斯人在辛苦劳作。从巴尔扎克、狄更斯、托尔斯泰，我们看到的是法国、英国和俄罗斯……列宁曾说：托尔斯泰是俄罗斯的一面镜子。因为我们从"托尔斯泰镜子"里看到的是俄罗斯。我举了那么多例子，来阐述文学和艺术创作的一个至关重要的东西。我想，除了作家和艺术家对一个民族的责任感、生活的积累、文化的积淀和他们那种描写的功力，还有两点非常重要的就是：他们那超出常人的艺术感觉和他们对于逻辑的严格筛选，还有对故乡细节的准确把握和开掘。

先说一下感觉。感觉，有高级和低级之分。我们说低级的感觉，是生理上的，比如说冷了加衣服，热了脱掉，下雨了赶紧回家拿把雨伞，这种感觉没有什么美学价值。还有一个感觉就是高级的，升华成一种艺术感觉，形成一种艺术思维。比如，还拿下雨来说。唐诗中"天街小雨润如酥"，这个感觉已经升华到了一种艺术感觉，这就有美学价值了。比如"黑云压城城欲摧","黄河之水天上来"。毛泽东作为诗人，他感觉的升华才成全了他一位大诗人的地位。"山舞银蛇，原驰蜡象""苍山如海，残阳如血"，等等。只有大诗人的敏感，才会有如此壮丽的发现。

我们再讲逻辑。逻辑是艺术家和作家要严肃对待的问题，无论你作品大小，逻辑都要体现在里面。举两个电视广告的小例子。鲁花花生油的广告，把花生掰开，花生油流出来，很自然，很符合逻辑。后来有人做核桃乳广告，也把核桃横断开，核桃里的白色乳汁也流出来了，那就不行。核桃得砸开。你横着断开，怎么断开的？

二十世纪五十年代，我所在的剧团有一出叫《处处是春天》的话剧，说的是一位复员军人回到他的故乡，带领村民走合作化道路的故事。我曾在《我与贺昭》的散文中提到过那次的演出。贺昭女士当时是剧团领导，主持排演的这出戏。

戏里有这样一个情节：主人公的奶奶，因想念参军打仗的孙子，她每天都要站在村口向远处张望等待，达八年之久，这使得老人双目失明。八年后当孙子真的站在她面前时，奶奶已是一位双目失明的老人。

不细究，这一情节也就被忽略了。细究在于它逻辑的混乱。民间流传的那些"望娘滩""望儿滩"的故事，那些望娘望儿的活人都可以变成石头变成山，那是神话故事。现实中老人（或孩子）对亲人的张望式的等待是有限度的，若没有近在眼前的希望，人是不会做出生理上过分的追求和过分的牺牲的。何况孩子是去参军打日本、打老蒋去了，老人家是大可放心的。

我赞成戏曲舞台上《武家坡》的情节设计：苦命人王宝钏，出身贵族，因了一个投彩球求婚事件，她的命运立刻发生了变化。王宝钏坚持要与薛平贵完婚，却遭到父亲王丞相的强烈反对，后来王宝钏与父亲以"三击掌"的形式离家出走，和薛平贵生存于寒窑。不久，薛平贵从军西凉，王宝钏只身一人苦守寒窑十八年。王宝钏含辛茹苦，以挖野菜充饥度日。薛平贵"别窑"时，只给她留下干柴十担、老米八斗。我想十八年来王宝钏并非不再想念丈夫薛平贵，但思念终不会成为她的唯一。她要生活，要生存，这才是最重要的。因此，当薛平贵归来站在她面前时，她是没有任何心理准备的。加之十八年薛平贵在西北风餐露宿的军旅生涯，面貌已大有改变。于是，薛王见面才有了一次挑逗性的考验和被考验。于是观众认可了这一情节，甚至那脍炙人口的唱段和台词，也成了经典中的经典。我想观众对情节的认可，对夫妻交流的认可，对误会和误会被化解的认可，得力于这一情节逻辑的合理性。假如王宝钏终日站在窑口忘记吃喝，只是一味地向大西北张望等待，就成了《武家坡》式的荒唐。

现在有很多写抗日的，写解放战争的电视剧、电影，一打仗，演员就往脸上抹黑，越抹越黑。当时打仗都是轻武器，那你这黑是哪儿来的？这些情节都是经不起推敲的，是逻辑上的混乱。也许那并不是战争的真实。我少年时曾在部队后方医院做"医助"，给不少伤员处理过伤口，从未见过"一脸黑"的伤员战士从前线下来接受治疗。战争的残酷不一定停留在"黑脸"上。

我们说《赤壁之战》为什么那么经典啊？因为它逻辑合理：庞统献连环计、蒋干盗书、周瑜打黄盖、诸葛亮草船借箭、借东风、火烧战船，这些细节，一环套一环，一扣套一扣，逻辑合理，无可挑剔。我们再看卓别林的无声电影，不说话，怎么能看懂呢？靠逻辑的合理。

逻辑还联系着一个问题，叫规定情境。人们在任何一个活动状态中，都有一个规定情境做背景。比如说涉及军事秘密、行动计划，只能在一种合理的规定情境下研究展开。不能走在大街上就大声说：我们这一仗要如何打……

这些情境都很滑稽。感觉和逻辑的运用合理与否决定着一部（件）作品的品格，如读者（观众）的相信度。

下面我要谈细节在一部作品中的意义。一部作品的产生一定要先有构思。苏联作家帕乌斯托夫斯基说："构思像闪电，闪电之后倾盆大雨才会落在地上。"但只有构思还不足以成为一篇小说或散文。它还停留在"故事"的层面上，故事是缺乏细节的。于是我想，一部成功的小说和散文，不仅要有故事的架构，还要有符合逻辑又能引人入胜的细节。当然，故事的架构和经过选择的细节的来源还是生活。而突现的"闪电"也是产生于广袤的宇宙（生活）之中。

为什么我们能受一本书的吸引，产生阅读的愉悦？因为是受了它那积极的主题和精彩的细节吸引。在此，我们不妨读一读契诃夫、莫泊桑、鲁迅和蒲松龄。他们的《万卡》《羊脂球》《祝福》《种梨》中的细节，都是经典中的经典，细节也成全了他们在作家行业中的地位吧。

作家、艺术家，这是我们的职业。充其量，我们就是一个作家、一个艺术家，不是一个哲人、哲学家。现在我们好多作家和艺术家的哲人味道太足，我感觉不一定要那样。有人问我怎么看待自己，我说我首先是一个劳动者，一个手艺人。我不是一个哲人。

劳动是一种付出，你要有付出，脑力和体力的付出。另外，劳动也是一种积累，生活的积累、形象的积累、语言的积累、美学的积累，等等，我讲到的艺术感觉、逻辑，都是在这个积累过程中完成的。积累的过程本身就是一种付出，脑力的付出，体力的付出。

2013 年 10 月 17 日

发于《长城》2014 年第 1 期

我的人生与艺术

父亲为我起了一个名字，叫铁羊。之前我大哥二哥名字都有羊字，到三哥时父亲独出心裁把"羊"改成了"牛"，我三哥叫改牛，但改牛不幸幼年夭亡，父亲决定再把羊字找回，且加上"铁"。我的村子位于冀中平原，叫停住头，是个不常见的村名。

据说，汉刘秀和王莽在此征战，刘秀被王莽追赶曾在此停驻过，村子因此得名。这里的平原平得悠远，平得辽阔，平得孤寂。深陷的黄土古道能使人想到那些历史故事。

我"长大"了，坐在屋顶上向西看。西边连绵起伏的太行山只有半个人高，近处是赵县土城，城垣内有座砖塔，赵县人管它叫"锥锥"。县城距我们村六里，我们村距太行山却有百十里，看见县城又见太行，是靠了那一世界的好空气，纯净透彻的空气……

我坐在屋顶上向南看。南边有棵树，像昂首而立的公鸡，那棵树长在一片老坟中，村人叫它"鸡柏树"。村人问村人："你家的地在哪儿？"答："鸡柏树。"外村人问村人："去赵州桥怎么走？"村人答道："过了鸡柏树向西拐。"鸡柏树跟前有座废弃的土窑，遥望土窑我常想到"平贵别窑"的故事，好像王宝钏就在那座窑里住。我奶奶会讲薛平贵和王宝钏的故事，也会讲青蛇白蛇闹许仙。

我坐在屋顶上向东看。东边旷野里有座直插云霄的尖塔，那是一座天主教堂，离我们村十五里。教堂里有外国黑衣神父，据说那些神父走路是不回头的，即使身后有人喊他。我有位嫂子娘家就在那里。家人派我坐大车去接我嫂子，路过那座教堂，我隔墙看到过黑衣神父的走路风度。

我坐在屋顶向北看，看不远。有两棵高大的榆树挡住了我的视线。那是北邻家的树，树上有两个喜鹊窝，几只喜鹊常年在树上生息搭窝。它们的窝用"花柴"搭成，"花柴"就是棉花秸。我们那里种棉花，喜鹊们就地取材。它们嘴里常叼着粗壮的花柴，围绕自己的窝编制整理。我觉得它们的嘴很壮。花柴的秸秆质地很坚硬，是好柴火，只在煮饺子煮肉时才舍得烧。

虚三岁的我记事有限。1937年阴历八月，日军占领石家庄，紧逼赵县。我们在父亲带领下举家开始逃难。以我家为中心，集中起村人二十余口，在距家乡百十余里的内丘县山洞里，一住仨月有余。逃难给我留下的印象淡漠，我只记得山洞前有条明澈见底的小河，河边长满柿子树，我姐姐和几个年龄相仿的姐妹，上树摘下"树熟"的软柿子，把柿子摁在一个谷面窝窝里咬着吃。但这里给我留下的"纪念"却永远清晰——晚上我被山洞里的蚊子叮着不放，咬出的斑点感染成疮，至今手背和胳膊上还留着一个个蚕豆大的疮疤。

几个月后，我回到家中，乡人说已见过日本人和他们的大洋马进村，说那马的蹄子有簸箕大。一个浪漫主义的形容。

我开始正式记事。占领县城后的日军与村子暂时相安无事，日本人在此所实行的"三光"政策是几年后的事。

我开始认字了，但村中暂无学校可上，父亲便在家中的廊下设下桌椅，命我和姐姐以及本家的姑姑、姐姐坐下念书。我们先念《弟子规》。

我父亲是位很智慧的乡间知识分子，他只念过几年私塾，后来差不多是自学成才，或者这和他父亲的身份有关。

我祖父是民国时一位旧军人，属直系，曾任陆军第十三混成旅旅长、吴淞要塞司令等职。我父亲生于保定，之后又多次在外地居住。他攻读了乡间能接触到的所有书籍，这包括了文学、医学、天文、地理、历史和人间杂项，凡此他无所不通。所谓通当然是相对而言，但他能大段大段地背诵《三国演义》《红楼梦》以及整部《诗经》，他能即兴赋诗且出口成章，他能记下整出整出的戏文，还包括了其中"锣鼓经"的名称——"四击头""水底鱼""败锣"……他曾组织剧团自任编导，同时他还是一方名医、社会活动家。他是当地的国共两党建党发起人之一。但大部分时间他都处于乡间地下，只在新中国成立后才出任过县卫生部门负责人和省人大代表。

"弟子规，圣人训，首孝悌，次谨信……"我父亲在廊下教我们念，且加解释，说："弟子是要讲些规矩，但规矩不一定非圣人训不可。"

有人说我的从艺和父亲的血脉有关，细推，也许有些道理。比如我喜欢把知识弄得越"杂"越好。

在廊下我学了《三字经》《弟子规》《千字文》并一些更深的《实用国文》等。《实用国文》是半文言的一种教科书，比如："国旗者，一国之标志也。无论何处如见本国之国旗，必表行礼。某日学校开学，悬国旗于堂上，教员率学生向之鞠躬者三。礼毕，随开课。"半文言半白话，且朗朗上口。

我常听父亲用工尺谱哼出的《梅花三弄》《算盘子》。他还识着简谱哼唱黎锦晖的新作。

到我该入学的年龄，先是入日本人办的小学。村中来了一位姓刘的教员，脸和牙齿都很黄，穿白纺绸汗褂，尖头轧花皮鞋。有人说他抽大烟。但八路军来村开展工作，刘先生不辞而别。这段时间无学可上。两件事情使我发生兴趣：县城的基督教堂和地方戏，以及和地方戏有联系的那些武强年画。

有位叫山牧仁的瑞士牧师在县城主持着一座基督教福音堂。那里的活动新鲜而神秘，我参加过那里的唱诗班。当圣诞时，牧师和师娘神圣地把基督的"血"和"肉"送到信徒跟前时，我们正站在讲台上唱"圣诞节，大福节，天使降临大喜悦……"唱诗结束后是文艺演出，我演过《出埃及记》中的摩西，粘着用棉花做的胡子，手持用秫秸做的拐杖，在台上一拐一拐地走。合唱队唱着"行路客人，你往哪里，手持拐杖到何处……"这出戏也是我父亲编的，他不是虔诚的教徒，但他是山牧仁的朋友。他对宗教的态度是"信则有，不信则无"。

就在这时我听到了达·芬奇、拉斐尔这些名字。那是从主日学学生背诵的"金句"卡片上认识到的。周末时山牧仁骑自行车到我们村为主日学学生上课，把扑克牌大小的一种卡片发给大家。卡片正面是一幅印刷精美的名画。背面是《圣经》中的一句话，叫"金句"。山牧仁把金句发给你，让你背诵。下次上课时再发新的。我就是从这里认识《最后的晚餐》《西斯廷圣母》《最后的审判》的。这是我接触西方艺术的开始。我对这一切着迷。

春节时，我们村有在街中挂灯笼的习惯，方方正正的灯笼挂满几条街，灯笼上糊着灯方画，上面大多是戏曲内容，《狸猫换太子》《空城计》……上面的人物动作夸张，色彩艳丽。

这灯方出自武强，是武强年画的一种。我登上雪堆看灯方，一个个故事吸引着我，那五颜六色的配色也使我入迷。每个故事的上方还配有灯谜，灯谜和故事并无关系，完全是另一个天地。谜面：油炸豆腐。打历史人物二。谜底是黄盖、李白。谜面：穷汉舍不得卖铺盖。打历史人物一。谜底是刘备（取谐音"留被"）。而这时，在街中一个广场上正在开锣唱戏，舞台上灯光辉映。节日期间我自己就是陶醉在这种艺术氛围中，激动不已。

我用灶膛里的木炭，把那些戏剧人物画在家中的院墙上，有快乐，也有苦恼。我得意用我的手使那些人物在家中再现，苦恼的是有些细节我怎么也画不出。比如文官的乌纱帽，是高低两个部分组成，恰似两个台阶。对于这个"台阶"，画它的侧面，举手可得，画它的正面，我怎么也画不出。但戏台上的一切，却使我终生回忆不尽。

许多年后我在"中戏"（中央戏剧学院）上学，听讲导演学，得知"意境"。原来创造出一种意境是一切造型艺术的必要手段。

抗战时的"五一大'扫荡'"，就发生在冀中这块大平原上。

受父亲这位爱国者的影响，我也有过"九死一生"。一次我家的地道被点燃，日军要将我扔进去一同烧掉。在千钧一发之际，是一个良心发现的日本军人救了我。他巧妙地支开正拧着我两只胳膊的另一个日军，我才幸免于难。

我倒目睹过那个日军的被烧（火化）：战死的日军要在城内一座寺庙火化。他们在寺内支起铁床，将战死者的尸体置于床上，之后用寺内古柏树枝点火焚烧。这时大胆的少年站在墙外看稀罕。一次我站在墙外向里看，看见一个面熟的日军正被火化。原来就是拧着我胳膊的那一个。这就是战争。死神挨谁是谁。

1945年8月15日，抗日战争结束，县城解放，十岁的我以一个胜利者的姿态进入县城。我故意神气活现地走在县城的大街上。我先走进的是山牧仁那座教堂，但院内空无一人，礼拜堂内，只有一架山牧仁和他太太经常弹奏的风琴，还搁置在讲台上。它大敞着盖，琴键上落满尘土。我在大街上走，看见几个年少的八路军男女战士在墙上写标语：日本无条件投降、八路军大反攻。每个字都有房那么高。我驻足观看，欣赏他们的英姿和手艺。心想，也许我离他们也不会遥远吧。但当我也穿上肥大的灰军装成为一名战士时，已是三年以后的事。

县城解放后的第二年，村中来了一位姓柳的老师。柳老师会画画，教我用蜡笔、用水彩画菊花，还教我画毛主席像，不久我就会熟练地画那个头戴八角帽的毛主席了。柳先生领我为一些公共场所画了不少领袖像。

又过了两年，1948年，我要离家了。那时叫参加革命。但我没有去写标语，我加入的是一所军分区的后方医院。在这里我学习调剂、打绷带，学习战时外科的种种技能，也包括了怎样去用白布包裹牺牲者的尸体。在这里有愉快，也有悲伤和恐惧。我学会怎样把一具尸体用白布缠绕得像一个石膏柱子。但很快我又有了新的欢乐。

距我们医院不远处有一个叫民众教育馆的地方，那位专教我画菊花、画领袖像的柳老师就在馆内任职，我便常到他那里去做客。馆内墙上贴有几幅苏联印制的油画。有张叫《列宁在讲坛上》的画，最使我动心。它同我看到的"金句"卡片和武强年画都不相同，厚重的颜色、活跃的笔触使我不安。柳先生告知我这叫油画，那位画列宁的画家叫格拉西莫夫。

我受着油画的吸引，但油画到底是一种什么东西，连柳先生也不清楚。我真正接触到"油画"（用"油"画画）是1950年新中国成立一周年的时候了。

新中国成立的1949年，我进入位于河北正定的华北大学（简称"华大"）学习，其实这是一所为新中国培养干部的学校。在那里，我学习唯物主义，得知人是猴子变成的。我得知我们的国家目前奉行的是新民主主义的社会制度。

"华大"位于正定县一座颇具规模的教堂里。之前这里的信徒们坚信上帝一日造光，二日造水和空气，第六日又造了人。现在这里只有一种说法：劳动创造了人。其实"华大"

的生活给我正式进入文艺界打下了"思想"和"物质"基础，我们演戏、画画。上学期学员画的墙报还在，上面都是美术大家的作品。现在他们已离校进京，大多在中央美术学院任教，我们这些后生，是步了他们的后尘的。我沾了光。

一次我在一个池塘边画水中的倒影和鸭子，后面有个声音说："哎，你的鸭子画大了。"我回头看看，是班上一位王姓同学。这同学多才多艺，懂得导演、表演，善演反派。此时他正指导我们排演一出叫《四姐妹夸夫》的小歌剧。我演其中一个老头儿。剧情是这样：四个姐妹都说自己的丈夫好，她们的丈夫分别在兵工厂、铁道上、种庄稼、上战场。她们扭着唱着，千方百计述说着自己丈夫职业之重要。后来一位老者（我）出来唱道："不要争，不要吵，咱们大家有功劳……老汉我还支援前线抬过担架哪。"排练时王同学教我怎样演像老头儿。他说其中有个形体动作格外重要，便是两条腿在不时地找站立时的平衡。我试着，觉出它的"科学"。同时他还捎带着说，演坏人怎么演，就是抬起左胳膊，用右手不时向上捋左边的袖子。

现在王同学说的是画中的比例问题。比例正确也是造型艺术的基本原则之一。接着他又说："你把鸭子排列一下，你看一个池塘才能排列几只？"我把鸭子重新排列，便觉出我画的那个大池塘变成了一个小水坑 —— 鸭子太大了。

之后我正式学习绘画，耳边常响起"你的鸭子画大了"这句话，以此来提醒我搞艺术遵循规律之重要。当然这就不仅是比例问题了。

我正式进入文艺界却不是靠了我的绘画功底，而是靠了我的演戏"才能" —— 我会演老头儿。

1949年，冀中、冀南合并为河北省。河北省文工团广招人才。有位叫贺昭的女士（省文工团团长）来华大招人，看了我演的老头儿，第二天又经过正式考试，按演员录取了我。我感谢王同学的指点 —— 我的平衡站立。不过有着表演"才能"的我并没有迷上演戏，最吸引我的还是美术。文工团有个美术组，我和他们混得很熟，才有了接触"油画"的机会。

1950年10月1日，新中国成立一周年纪念，团里要绘制一幅巨型毛主席像上街游行。经领导批准我作为助手参加了绘制。原来画油画要买油，买什么油？有人对我说，要买"鱼油"，要么买"桐油"。作为助手的我便去买油、买颜料粉、买刷子。我把东西买齐，从厨房借来十几个大碗，把颜料分别倒入碗中，再倒入鱼油，调成膏状（我会调药膏），两位美术家便起稿画画。我看着他们用刷子把颜料涂在画布上东抹西抹，我也想动手试试，结果我只被允许画了领袖的一只耳朵和两个扣子。第二天主席像被抬上街。我在游行队伍中，直盯着领袖的耳朵看，只觉得耳朵很不立体。扣子倒立体，活灵活现。与其说这是我接触油画的开始，不如说这是我接触用"油"作画的开始。

之后我不再演戏，正式从事起舞台美术工作：画布景、设计服装……一干五年，直到我考入"中戏"。我考入的

"中戏"的设计课。后排左一为齐牧冬、右一为铁扬、中为程芸平先生（摄影）

不是表演系，而是舞台美术系。这时我看到的油画颜料才是真正的油画颜料，像牙膏一样装在锡管里。我所在的班级被称作舞台美术本科设计专业55班，校址就是北京交道口棉花胡同12号。那时的校园建筑不那么拥挤，院内有中式庭院，也有西式灰楼。据说为清时的王府，后又为日本的一个什么单位。我们画室的门窗都为日式推拉式。我们的宿舍楼毗邻棉花胡同，窗外常传来老北京的叫卖声。

"舞台美术"是个新专业，这是由俄文翻译而来，其课程安排完全因袭着苏联。由于苏联的舞台美术强调绘画性，所以绘画教学在这里占着极其重要的地位，和当时的美术学院相当。当时中戏的教师队伍，也是人才济济。单油画家就有孙宗慰、冯法祀、李宗津。后来当留苏的画家回国后，给"中戏"的教学又增添了不少起色。王宝康、齐牧冬、马运洪，都把地道的苏式油画教学带给了学校。齐牧冬还担任着高年级的设计课，我的毕业设计《克里姆林宫的钟声》就是在齐牧冬先生的指导下完成的。

先生为人朴实，不仅有着广泛的实践经验，留苏期间又掌握了很扎实的油画造型能力。我在校五年，他对我有着深刻的影响。当时他所设计的几部芭蕾舞剧，都令我们神往。《天鹅湖》《海侠》……尤其《海侠》，在中国舞台美术史上占着重要地位。我毕业后和齐先生合作为中国歌剧舞剧院设计过舞剧《文成公主》。

王宝康先生是列宾美术学院的高才生。1957年他虽然只带领我们去青岛写生，但我是受益匪浅的。他把女模特儿摆在阳光下，在画布上魔术师般地安排颜色明暗系列，每一笔都启发着我们对颜色的认识。回校后又听过他的专题讲座。可惜王先生回国后在1966年那场运动中受尽折磨，自缢身亡。至今"中戏"教学楼里还陈列着他的几幅作品，

舞剧《文成公主》 舞台设计 纸本水彩、铅笔 53cm×73cm 1990年创作
2018年补画

其作品在那里仍属上乘。

马运洪是中国芭蕾舞剧院的设计师，画得一手好画，他对颜色的激情非常高涨。他能深入浅出地讲清楚颜色规律。我毕业后还常在和他的交往中受到教益。

李畅是我国第二代著名舞台美术家，我对于"舞台"这个神秘空间的知识，大多来源于他。

至于我从几位老先生如孙宗慰、冯法祀、李宗津以及我的素描老师程丽娜那里学到的是艺术与艺术家，或者艺术家与艺术的关系。他们之所以为艺术家，首先都具有一种对待艺术虔诚的精神，不玩、不闹，是潜心经营。友人常常问我，在"中戏"到底学到了什么。答：对画面的科学经营和大胆自由，对于形式和颜色的驾驭。"中戏"不同于"美院"之处（也是我最值得庆幸的）是它包容的学识之杂。看苏联导演专家上课，你会了解到表演学是怎样一种学问。它是教你把那些人类散漫无序的生存、生活习惯如何变作自觉的、科学有秩序的，并再现出来。于是一个表演学的体系产生了：人类的生活节奏又如何变成了舞台节奏，气氛是怎么回事，何谓舞台调度……单指表演的学问，就是一部再现人类生存状态的百科全书。

听中国著名戏曲史家周贻白先生讲戏曲史，他在讲到关汉卿的《窦娥冤》时，我想起童年时我看的戏，那个制造"下雪"的情境。课余时，我把这故事告诉周先生，他说："高不可及。"他说这就叫"舞台意境"。

我听石丁先生讲戏剧文学，才得知剧本不同于小说、散文的原因，是剧本中有"矛盾"（戏剧冲突），一个剧本完整的公式是矛盾的展开 — 高潮 — 结束。而小说和散文没有这个规律。之后，在他的指导下，我读莎士比亚、契诃夫、奥斯特洛夫斯基，读田汉、洪深和曹禺。

有位声乐教授听我唱歌，说我的声音属"贝司"。我才知道"贝司"是低音，我才知道声乐中有女高、女中、男高、男低。后来我参加北京大学生合唱团就是"贝司"。我们唱："蓝蓝的天空上飘着白云，白云下面跑着那雪白的羊群……"

这是一首无伴奏合唱，我感觉高音就是天上的白云在游动，它华丽、飘逸，而低音才是浩渺的草原，它稳妥而悠远。

舞台的神秘在于它能包罗万象。它可以包罗万象，在于它能把艺术家的艺术构思和不断发展着的技术手段结合成一种艺术形式。于是物理的、化学的、光电学的，连最通俗的木工、铁工、织工的技术你也要熟知。于是凡是大自然可以发生的自然现象，都要通过以上的种种手段，发生在舞台上。

当然，我的主课是舞台设计。我的任务是要以剧本作依据，做出设计，然后把它活灵活现地搬上舞台，在演剧学里舞台设计是寻找一出戏的外部演出形式。导演是人物行为（从内心到形体）的导演，而舞台设计是制造出一种外部形式的导演。因此，对一出戏的正确解释是导演和舞台设计共同完成的。

我的专业是设计和绘画，但就设计和绘画相比较，我还是酷爱绘画。学绘画会遇到这种情况：有时先生教你几学期，而你对绘画还是糊涂。有时先生的几句话，也许就会让你茅塞顿开。我对油画的"有点明白"，尤其对颜色的"有点明白"，是靠了罗工柳先生的两次讲座。他以全新的观点，深入浅出地讲了油画的"色彩关系"，原来颜色之间还有一种神秘而微妙的关系。这包括了固有色和条件色的区别（当然不仅这些），它让你听得新鲜且有操作性。后来常有人夸我的"颜色好"，假若是这样，这是靠了罗先生的启蒙教导。过后，我画了一批小油画，到罗先生家登门拜访。我把一些小油画摊在地板上给他看，罗先生看得非常仔细，然后对我说："对了。就要这样画。"至今这批小油画我还保存着几张，并一次次把它们收入画册。但我从不敢说罗工柳先生是我的老师。拜师还有许多条件。

1960年，我于中戏毕业。毕业前，省内一位文化厅厅长几次来京召见我。邀我再回河北，说河北正在成立艺术学院，需要我去筹建美术系。

那是一个特殊年代，一个难以言表的1960年，那时表面上的一切都轰轰烈烈，但国民经济已经到崩溃的边缘。媒体云：某地的水稻可亩产十万斤。但举国上下正在闹饥荒，河北那座艺术学院就是在这时上马的。果然好景不长，两年后即宣布"下马"。它是"大跃进"的产物，似这种不欢而散的"大跃进"产物，全国比比皆是。

两年后我调入省歌舞剧院任舞台设计，设计了一出由大诗人田间编剧的歌剧《赶车转》。接踵而至的是那场旷日持久的"文化大革命"运动。

我不属于"走资派"且历史清白，但形势多变，我却不时被推到危险的边缘。加之人心莫测。我一个学生写大字报称我是"苏修特务"，因为我不仅接受过苏修教育，专听苏联音乐，家中还有"物证"：我的自行车 —— 苏联造，还有苏联手表、苏联收音机、苏联闹钟。这倒是事实。但终因无其他线索，不了了之。不久又有大字报称：剧院有一名尚未揪出的国民党特务，就是我。在一次批判会上，我慷慨陈词说："老子见过日本鬼子，见过伪军。就是没有见过国民党!"我的"气焰"真的扑灭了烧身之火。运动时间过长，人心终有麻痹。大家都总结出"几招"逃脱之法。我也几次乘人不备，潜入太行山。太行山成了我的避风港和创作基地。在那里我用简单的画具，开始了对水彩、水粉画的研究。天长日久对此还大有体会，且积攒起一批水彩画的作品。

在太行山生活作画心境是纯净的。在远离运动的农村，你觉得一切都真实可信。后来我在一篇短文中写过这样的心绪。

我常想起我在太行深处遇到的那些乡间女孩，每当冰雪消融，我背着沉重的画具出现在她们的院子时，她们总是扔下手中的活计，抱起柴火跪在炕前为我笼火烧炕 —— 那时炕还凉。她们把脸对准黝黑的炕口，鼓起腮帮用力向炕口吹火。火光照耀着她们明丽而健康的脸，炕烟使她们流着泪。炕被烧热了，她们便会以新奇的目光去寻找我刚画成的作品，然后在手中翻过来调过去地看。当她们看懂的时候就会惊叫起来："呀，拒马河！""呀，铁匠山！"一种满足感从我心中油然而生。我想，明年我还会再来。

几年过后，一个新时期终于到来。在万物复苏、学校又复课的七十年代末，我被召回母校任教了。我被召回，完全是靠了我的老师齐牧冬先生的提议。在母校，在我曾经学习艺术的教室，开始了我做老师的生涯。

在母校的几年中，也许是我远离了绘画、远离了太行山的缘故，心中总有一种失落感，它促使我又在做着前途的选择。这时，那位曾劝我"还乡"的老厅长又来了（他已复出，官复原职），他请我在位于地安门的河北办事处吃了一顿打卤面，又劝我"还乡"了。他说，河北正在成立画院，急需专业画家。我不由分说就动了心，做专业画家才是我朝思暮想的。

我进画院做专业画家，原来并非一帆风顺，厅长归厅长，厅长以下还有院长。院长才是我的顶头上司。一天我来画院报到，站在院长室门外刚要敲门，听见室内正在打电话，听了听这电话是院长打给厅长的。他们在谈我的事。因院长声音过大，我还是听清了几句。院长朝那边喊着说：

"······他来画院，他的画能为社会主义服务吗？"

听到此言，我处于进退两难的地步。后来鼓足勇气走了进去。我说明来意，院长还是伸出了手。两人都很"讪"。

几年后，这位领导退休，我呢，大概在画界倒显得有点"热闹"。一次我们在单位相遇，他走过来紧紧抓住我的手说："老铁呀，我可就缺你的画了。"意思是要我送画给他。我玩笑着对他说："我的画能为社会主义服务吗？"他说："哎，老铁，怎么还记着哪。"

其实这位领导是位受人尊敬的领导，他是位老延安，刻过木刻，素描画得不错。但说话太随便，在那场运动中也吃过大苦头，他曾割颈自尽未遂。当然作品能不能为社会主义服务，他们仍然有其不变的标准。

我做起专职画家，想些绘画的事。画室里堆着各种颜料，拿起什么，用什么。我不承认我是纯粹的油画家，或者什么水彩画家，为什么要自投罗网？我只愿画得自由，画出自己。这些年做了一点事，都笼统地写在了我的从艺年表里。

2011 年 2 月 20 日

《铁扬画集》后记

美术作品

东关金庄村写生　纸本水粉　15cm×17.5cm　1950年

十五岁的画

不懂得如何用笔
只懂得用心
用心记录下眼前的一切
再回首时证明你是用了心的
（十五岁时的写生 —— 保定东关金庄村）

故乡赵州写生　布面油画　16.5cm×20cm　1956年

第一张油画

我的第一张油画
大学一年级开油画课之前
背起油画箱赴家乡写生
万事起头难
好在记下了家乡赵州的好空气

一场秋雨　布面油画　25cm×32cm　1960年

一场秋雨

1960年大学毕业
对油画似有了解
那时喜欢"灰调子"
可看出受一种画风的影响
但它已是油画了

淀中　布面油画　12cm×18cm　1961年

淀中

迷人的白洋淀
渔船停靠在秋天的芦苇丛前
瞬时船上就会飘起炊烟
鲜活的鲫鱼下锅了

神星村　纸本水粉　26cm×35cm　1969年

神星村

第一次用水粉颜料画写生
算是对新材料的研究
画中还存有油画的笔触
但它是纯水粉画

通往水库的路　纸本水粉　25cm×31cm　1977年

通往水库的路

这是一条光明小道
它引你往前走
大凡能引你往前走的路
都是迷人的
你并不在乎那边的风景

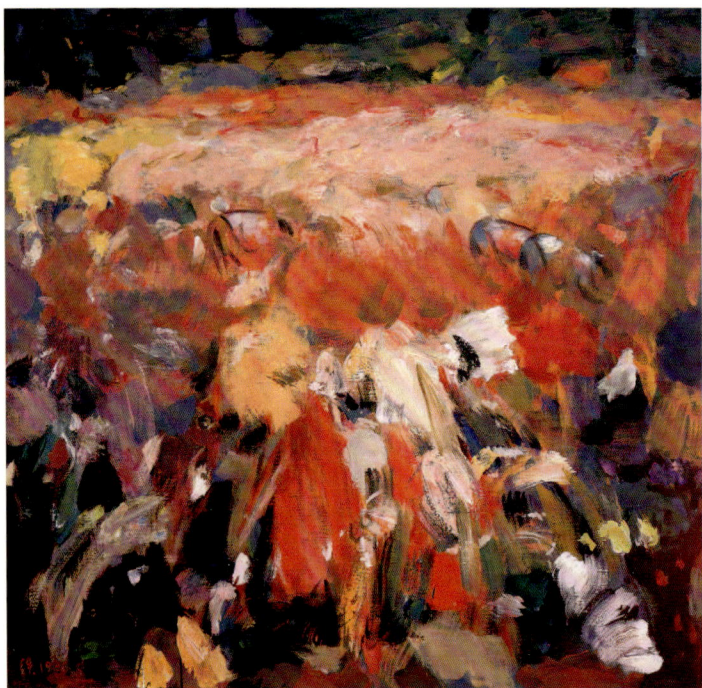

割草 布面油画 130cm×140cm 1998年

割草

红色的兼草
高大无序
像火在燃烧
人在草中劳作
格外豪迈壮观

赵州梨花　布面油画　80cm×100cm　2002年

赵州梨花

感受不尽的赵州梨花
花不是花
是对你的压迫感
是历史对你的压迫感
花朵本身已不重要

炕 —— 剪趾甲　布面油画　69cm×72cm　1993年

炕 —— 剪趾甲

北方农村有"炕"
女人进门就上炕
一盘炕维系着她们的一生
有时也在炕上"打整"自己，比如剪趾甲
那时穿不穿衣服就不再重要

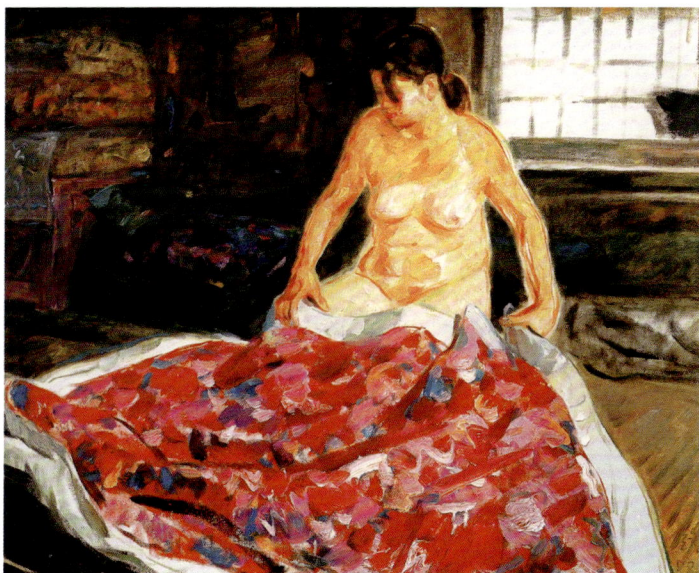

炕 —— 铺被　布面油画　150cm×180cm　2008年

炕 —— 铺被

我画过无数张炕和女人的画
无人的炕是冷漠的
只有女人会带给炕的温暖

午夜喂牛　布面油画　130cm×150cm　2010年

午夜喂牛

你没有看到过眼前的这个真实
你不会想起真有此事、此景
我看到过
我记住了
记住了"金"和"银"铸成的夜
记住了"金"和"银"铸成的大美

玉米地　布面油画　100cm×120cm　2008年

玉米地

贵姐告诉我
那是她十六岁上的事
大中午，闺女媳妇们找块玉米地、高粱地
脱得光光的
把衣服一扔就往河里跑
不怕叶子扎
不怕蚊子咬
河里兴许就有男人
你敢露，我也敢
谁叫你年轻呢
河里没规矩

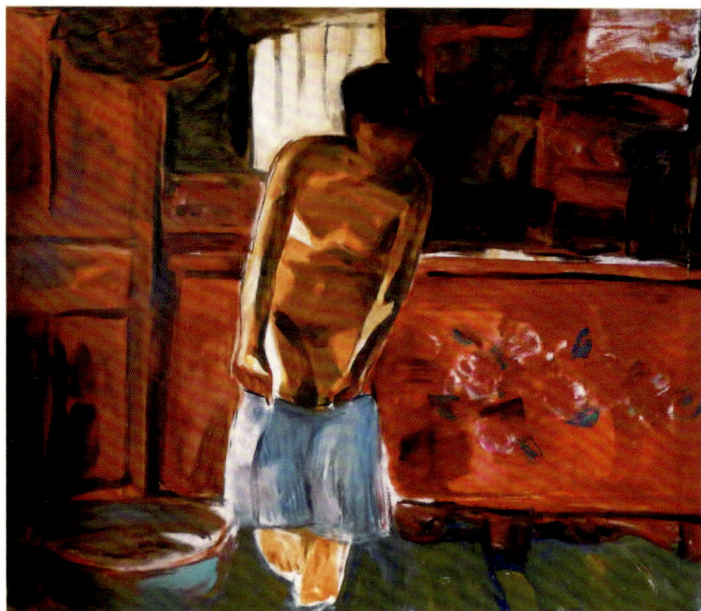

红柜　布面油画　80cm×100cm　2005年

红柜

红柜是一家人的"宝库"
全家人的"宝贝"都在红柜里
作为一家之主的女人围着它转来转去
一生一世

收白菜　布面油画　100cm×120cm　2010年

收白菜

是收获
就有欢乐
没有疲倦
女人收白菜
大地和内心都滋润着

走向拒马河　纸本水彩　24cm×32cm　1999年

走向拒马河

拒马河是一条古老
多故事的河
向拒马河走去
去寻找那些
能让你静听的故事

如梦太行　布面油画　120cm×150cm　2007年

如梦太行

太行是山
又不是山
有时如梦
有时像音乐中的音符碰撞
有时像沉默中的人

馒头祭　纸本水粉　80cm×77cm　1996年

馒头祭

联想中的情景
也是靠了馒头
用馒头祭奠亡魂
亡魂在空中呼应着

五个甜瓜和两个椰子的大风景　纸本水粉　78cm×79cm　1995年

五个甜瓜和两个椰子的大风景

没有什么更神秘的内涵
就是五个甜瓜和两个椰子铸成的大风景
假如风景画没有定义的话

为话剧《克里姆林宫的钟声》所作舞台设计草图　纸本铅笔水彩
18.5cm×26.5cm　1959年创作　2017年补画

舞台设计草图

做舞台设计应该是我的本行
但我背弃了它
只留下我与它的星星点点
《克里姆林宫的钟声》设计草图
就是我从事过"本行"的证明
至今我对它还是难以割舍的

294

画家与模特　布面油画　110cm×140cm　2021年

画家与模特

画家作画
面对模特儿
但模特儿为他提供的一切
是有限的
一切还靠画家自己的想象